创意写作七堂课

你也能写好一篇科幻小说

凌晨 ◎ 著

北京理工大学出版社
BEIJING INSTITUTE OF TECHNOLOGY PRESS

版权专有　侵权必究

图书在版编目（CIP）数据

创意写作七堂课：你也能写好一篇科幻小说 / 凌晨著. — 北京：北京理工大学出版社，2020.5（2020.12重印）

ISBN 978-7-5682-8414-1

Ⅰ.①创… Ⅱ.①凌… Ⅲ.①幻想小说—小说创作—创作方法 Ⅳ.①I054

中国版本图书馆CIP数据核字（2020）第 070848 号

出版发行 /	北京理工大学出版社有限责任公司
社　　址 /	北京市海淀区中关村南大街5号
邮　　编 /	100081
电　　话 /	（010）68914775（总编室）
	（010）82562903（教材售后服务热线）
	（010）68948351（其他图书服务热线）
网　　址 /	http://www.bitpress.com.cn
经　　销 /	全国各地新华书店
印　　刷 /	唐山富达印务有限公司
开　　本 /	710毫米×1000毫米　1/16
印　　张 /	15.25
字　　数 /	185千字
版　　次 /	2020年5月第1版　2020年12月第2次印刷
定　　价 /	38.00元

责任编辑 /	刘汉华
文案编辑 /	刘汉华
责任校对 /	刘亚男
责任印制 /	施胜娟
排版设计 /	飞鸟工作室

图书出现印装质量问题，请拨打售后服务热线，本社负责调换

> 序 言

实践最重要

凌晨是个好作家。她自20世纪90年代开始文学创作，小说、散文、童话、动漫脚本甚至影视剧本都写。但科幻小说一直是她的最爱。凌晨的科幻小说很好看，语言和故事也很独特。这么多年来，她用创作的实践磨砺自己，使作品更深邃也更圆润。凌晨还是一位科幻活动家，她是中国科普作家协会科学文艺委员会的副主任委员，不但完好地完成了自己的任务，还主动请缨做了许多事情。在这个行业里，我最敬佩这种能够带动大家、朝向伟大目标前进的人。

现在，凌晨要把自己多年来在科幻创作方面总结的经验分享给大家，要写一本书教科幻爱好者怎样写科幻小说。我对她这样的工作充满敬意。

在我看来，科幻创作首先是一种热情的驱使。有热情的创作和没有热情的创作完全不同。如果仅仅为了挣钱，或者别人做我也做，那你永远写不出杰出的作品。因为创作是需要灌注情感的。其次，科幻创作需要练习。没有练习，一次就成功的人很少很少。而练习之后获得改进的人比比皆是。在激情的驱使下你还要勤奋。我遇到过一些朋友，总是有许多构思，但从来没有见他们把这些构思落实到笔下。第三，科幻创作需要观摩。没有对其他作品的学习，写一两篇可以，但保持作品的内容和形式都能满足读者需求并具有新意就难了。第四，科幻创作需要感悟和点拨。写，然后想；再写，再想。独自写没有人指点不行，有时候一个明显的可能性也许在别人不经意的一句话中就会被发现，而创作者自己，由于沉浸在其中太久了，反而看不到。这就是点拨的重要性。创作要分享，要听其他人的分析和侧面反馈。

以上这些，都是我觉得写出好的科幻小说的要素。凌晨的这本书中，对上面的这些有许多展现。除此之外，凌晨在这本书中，还将科幻是什么、基本的历史、题材的类型，以及创作过程中可能碰到的问题都做了一些简单的梳理，这种梳理非常简单，对初学者很有意义。怎么进行构思，怎么评判作品的文学价值，怎么将写好的作品送出去投稿，许多初学者需要了解的问题都在书中有所涉及。作者特别喜欢举例子，从例子而不是理论中让读者有所收获，这一点给我感受很深。本来写作就是一个操作的、实践的行业，多讲理论无益，给实践护航才重要。我希望这本书能对处于恰好需要这类启迪的作者有所帮助。

科幻文学与文化事业，是中国当前一个重要的、具有远见的事业，我希望凌晨的努力能唤起更多人参与到科幻创作中来，能创作出更多更好的作品，丰富我们的创意文化，激发出更多伟大的科幻作品来。

吴　岩

系科幻作家，南方科技大学教授

中国科普作家协会副理事长

2020 年 5 月 28 日

前言
选择这本手册对你的意义以及怎样正确使用本手册

既然你打开了这一页，那么，身为作者，我要尽力说服你继续往下阅读，并且带着一份欣喜赶紧找个输入设备，马上将你脑子里涌现出来的故事变成字句。我得引诱，哦，不，是激发你潜意识中的欲望，深信自己有潜力写作，并且进行科幻小说写作。

你可能觉得写科幻很难。《三体》是这么厚重的三大本，而且人人都觉得其中奥妙无穷，眼看着"三体学"就要诞生了。你怎么也没可能写出这样的科幻小说。

你也可能觉得科幻就那么回事儿，《庆余年》都是科幻了，谈谈未来聊聊人工智能乱走几条时间线，不就是科幻小说嘛，哪儿需要费这么大劲儿？

古老的东方哲学告诉我们，凡事要辩证地看待。科幻小说没那么高大上，但也不怎么傻白甜。和任何文学形式一样，它只是创作者心灵的镜子，反映他的所思所想。

是的，科幻小说是一种形式。你可以试试在推理小说、爱情小说、武侠小说这种类型小说前面加上科幻两个字，比如科幻爱情小说、科幻

推理小说、科幻武侠小说,觉得如何?好像还挺有意思,不怎么别扭是吧?

但如果是武侠科幻小说,武侠推理小说,或者武侠爱情小说呢?感觉不对劲儿了是吧?听着就不像个正经小说。

这充分说明,科幻小说这个形式,是一个特别大的筐,什么类型小说都能装进去。

但科幻小说又不仅仅是形式,把灰姑娘的故事挪到宇宙飞船上去,仍然是灰姑娘的故事,并不是科幻。

所以这本册子就是告诉你,"科幻小说的形式"这个筐的本质,到底是个什么东西。

不过,你可能对本质这种东西不怎么看中,就是想知道,看过我这个册子后,是不是真的能够写出科幻小说。

那你看完一本菜谱,真的就会炒菜了吗?

对嘛,你要是不去厨房折腾十天半个月,耗费几斤油盐酱醋,你能做出好吃美味的菜肴吗?

你可能会说,现在有各种各样的烹饪用具,我只要按照比例放原料进去就好。

好吧,我会提供几套模板,你只要按照程序放主人公进去就好。

只是,不明白你写小说是为了啥。

言归正传!当然前面说的也不是废话,这个手册是为这些人准备的:

喜欢科幻小说,觉得自己也可以写一个,但不知道怎么写;

喜欢科幻小说,确实也写了一个,但不知道写得好不好;

喜欢小说,创作过小说,现在想写科幻小说;

喜欢凌晨这个作家,她写的东西都想看看;

……

其实科幻小说写不写的看心情，不重要。
重要的是：
科幻的思维方式！
科幻的生活方式！
科幻的情感方式！

当科幻突破小说的束缚，成为你看待世界的角度，
你会有一种什么感觉？

焕然一新的自我，童心永存的纯真，至善至纯的人生。

这是将自己的灵魂和星辰连接在一起的感受。浩渺宇宙，时空无穷，而区区几十年的人生，不值得为世俗浪费半秒钟。所以这本手册，正确的使用方法就是：按照目录顺序阅读，并试着读文中谈到的书，开始写作练习。

你将得到的：
从科幻小说中领会科幻的内涵，建立自己的科幻思维习惯，最终使科幻成为自己的生活向导。

到此境界，你将洞察未来，你的每个故事都会带来未知的震撼和惊奇。
我期待着。

注：为了让尽可能多的人看到并且懂得，笔者尽量用大白话，尽量少谈理论，尽量多说些经验。在这本书的最后，还有一份科幻图书与科幻影视推荐单，帮助大家更多了解科幻。

CONTENT 目录

第一讲　科幻小说是个冲动的小伙子

　　NO.1　一个怪物　/2

　　NO.2　两位开山老祖　/8

　　NO.3　科技走一步，科幻走两步　/14

　　NO.4　从黄金时代到新浪潮运动　/25

　　NO.5　千亿个世界　/32

第二讲　科幻小说的八大类型

　　NO.1　科幻小说的审美　/43

　　NO.2　科幻小说的类型　/47

第三讲　科幻小说的基础：科学

　　NO.1　要建立自己的科学知识体系　/84

　　NO.2　了解科学之美　/89

　　NO.3　了解科学的组织方法　/96

　　NO.4　科学工作者　/101

　　NO.5　科学幻想中的科学需要超前意识　/108

第四讲　开脑洞的N种方法

　　NO.1　准备工作：搅脑冻　/117

　　NO.2　开洞原则：好玩的幻想，有用的幻想，要哪个？　/120

　　NO.3　经验之谈：成功的脑洞是怎么开的　/124

NO.4 方法实操：培养创新思维 /132

　　附：这些有意思的想象 /136

第五讲 科幻小说的形式：文学

　　NO.1 科幻小说的文学价值观 /146

　　NO.2 科幻文学中的人物 /152

　　NO.3 科幻小说的审美体现 /159

　　NO.4 科幻小说的本土化 /164

　　NO.5 科幻小说中的现实和反现实 /169

第六讲 科幻小说的速成秘诀

　　NO.1 一般小说怎么写 /177

　　NO.2 科幻小说的特殊之处 /184

　　NO.3 都是套路 /190

　　NO.4 短篇还是长篇 /200

　　附：偷桃 /207

第七讲 如何发表你的作品

　　NO.1 那些靠谱的发表渠道 /218

　　NO.2 科幻征文，检验实力的时刻 /225

　　NO.3 素人必读：二十种科幻图书和科幻电影 /230

第一讲

科幻小说是个冲动的小伙子

NO.1 一个怪物

NO.2 两位开山老祖

NO.3 科技走一步,科幻走两步

NO.4 从黄金时代到新浪潮运动

NO.5 千亿个世界

NO.1 一个怪物

这个怪物的名字,没出生前弗兰肯斯坦称它"being",出生后被叫作"monster"。但是"monster"的意思就是指无法命名、无法分类的怪物,而且暗含"邪恶之物"的意思,所以翻译成中文的时候,直接按照文意译成怪物,否则音译为摩斯特又完全无法领会作者的意图。

怪物和它的创造者弗兰肯斯坦,是科幻小说中一个特别著名的典故,也就是我们今天常常说的"梗"。

讲这二位故事的小说,全名是《弗兰肯斯坦——现代普罗米修斯的故事》。国内出版的名字就是《弗兰肯斯坦》,也有的出版名为《科学怪人》《人造人的故事》。作者是英国女作家玛丽·雪莱。

《弗兰肯斯坦》是一部令人压抑和伤感的小说,它用第一人称书信的方式,叙述了一个令人惊悚、不寒而栗的故事。

年轻的科学家弗兰肯斯坦才华横溢,胆子很大,他从停尸房等地方取得不同人体的器官和组织,拼合成一个相貌像人,但非常丑陋的

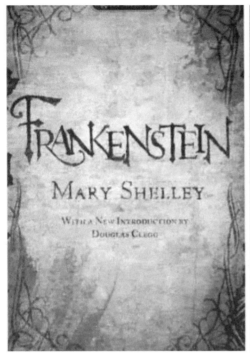 

图1 《弗兰肯斯坦——现代普罗米修斯的故事》的部分英文图书封面

怪物。弗兰肯斯坦用雷电激发怪物，使它活了起来。但是弗兰肯斯坦看到怪物真的行走并向自己微笑时，竟然被吓得落荒而逃。没人照顾和管教的怪物由于面貌丑陋，生存艰难，被社会视为异类，处处遭受歧视和冷漠对待。怪物找到弗兰肯斯坦，要求他制造一个女怪物，陪伴自己到远离人群的地方度过余生。弗兰肯斯坦答应了怪物，但在女怪物制作接近成功之时，担心怪物种族从此繁衍生息，危害社会，就毁掉了女怪物。这让期盼新生活的怪物大失所望，它开始疯狂报复，杀死了弗兰肯斯坦的好友和未婚妻。愤怒的弗兰肯斯坦发誓报复，追踪怪物一直到北极地带，不幸病逝。怪物也丧失了生存信念，自焚而死。

1818年，小说一出版就引起了社会的关注，成为畅销小说。此后多次再版，翻译成各种文字，还被搬上舞台和屏幕，成为影视改编的热

门题材。文学史上从此多了一个专用名词 Frankenstein，即作法自毙的人，毁灭创造者自己之物。

1973 年，英国著名科幻小说创作家和批评家布赖恩·奥尔迪斯在他论述科幻历史的《百万年的狂欢》（后于 1986 年修订再版改名为《亿万年的狂欢》）一书中，专门论述科幻小说的形成，强烈支持《弗兰肯斯坦》为第一部科幻小说。他的观点最终被理论界认可，成为定论。

《弗兰肯斯坦》，人类历史上第一篇真正的科幻小说！玛丽·雪莱太了不起了，居然就这样做了一个文学体裁的开山祖师爷。而且，玛丽·雪莱写出《弗兰肯斯坦》的时候只有 20 岁！因为这部作品划时代的开创意义，她被后人誉为"科幻之母"。

这真是成名要趁早的典范。

不过，玛丽·雪莱可没想那么多，当时她只是为了完成一个文学游戏中产生的创意，她丝毫没有意识到《弗兰肯斯坦》在整个文学史上的价值。

玛丽·雪莱不是科学家，她没有把笔墨用在制造怪物的技术细节上，而是把故事重心放在描述怪物与人类社会无法相处的过程，渗透自己对当时种种社会问题的思考。这样的写作方式、科技的分量刚刚好，既带给读者从未有过的震撼和惊奇，又不至于因科技门槛而令作品与读者产生距离，无法达成共鸣。弗兰肯斯坦和怪物的命运始终吸引着读者。

小说《弗兰肯斯坦》的诞生过程十分有趣。雪莱夫妇寓居意大利时，拜伦是家中的常客。一天，诸位好友在雪莱的住所诵读文学作品，拜伦提议每人写一篇有关鬼怪超自然力的故事。当时众人谈得十分热烈，却只有玛丽真的动了笔，并且完成了整部作品。

当时生物学正处于蓬勃发展的阶段，人们对放电现象也已经有所认识。据研究，在写《弗兰肯斯坦》之前，玛丽已得知伊拉兹姆斯·达尔文（查理斯·达尔文的祖父）关于生命规律的研究成果，认为使死人复生并不是不可能的事。因此她发挥了大胆的想象，借科学家弗兰肯斯坦之手，创造出一个用不同死人尸体的肢体拼凑成的怪物，并用电击而不是魔法的方式赋予了它生命。她的想象至今都没有成为现实，但她却是第一个想象用现代科技手段造人的拓荒者。《弗兰肯斯坦》也因此成为第一个借助科学技术解决问题的文学作品，这使它在文学性的独特之上又添加了符合逻辑的科学性和天马行空的幻想性。

不过，用今天读者的阅读习惯来看，《弗兰肯斯坦》写得实在啰唆了点，书信体也有点像流水账，翻译成中文后，13万字的体量难免有注水的嫌疑。不过，想想1818年是什么年代，那时的人们又能看到什么样的小说，你就会觉得《弗兰肯斯坦》真心不错。而且，在200年的时间长河中，这部小说从没有被学术界遗忘过。

仅仅是第一个提出"科学造人"的梗，就足够《弗兰肯斯坦》留存科幻史与文学史了。

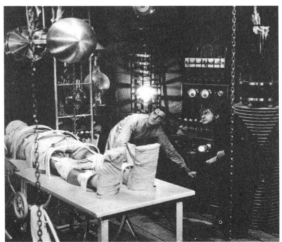

图2 1931年，黑白电影《弗兰肯斯坦》的部分剧照，其中的怪物形象（左）深入人心

玛丽·雪莱全名玛丽·沃斯通克拉夫特·雪莱，1797年生于英国伦敦，1851年去世，年仅54岁。她没受过正规教育，但父亲威廉·戈德温是位小说家和自由哲学家，母亲玛丽·沃斯通克拉夫特是女权运动者。家里可以说是谈笑有鸿儒，往来无白丁。

在这些来客中，诗人雪莱与玛丽的父亲威廉·戈德温是忘年交，常有往来。1814年，玛丽对雪莱产生了爱慕之情，但这段恋情没有得到父亲的祝福。玛丽于是和雪莱私奔了！二人游历法国、德国、瑞士和意大利后，直到1816年，才正式结为夫妇。从此，玛丽小姐就变成了雪莱夫人。

但好景不长，1822年，雪莱溺水身亡，25岁的雪莱夫人成了寡妇。她没有再嫁，一个人带着孩子艰难生活。雪莱夫人一生著述不算丰富。丈夫去世后，她的时间大部分用来整理丈夫的诗集和遗作，个人的作品不多。除《弗兰肯斯坦》，科幻小说《最后一个人》也得到了评论界的好评。

图3 小说手稿和玛丽·雪莱画像

玛丽的父亲曾评价她:"异常大胆,有些傲慢,思维活跃,渴望追求知识,对从事的事情有着不屈不挠的精神。"没有这样个性的女性,恐怕很难从前半生跌宕起伏的命运中逃脱出来,也不可能写出《弗兰肯斯坦》这样的作品。

NO.2 两位开山老祖

《弗兰肯斯坦》让世人见到了一种新的小说形式。在朝气蓬勃的十九世纪初，人们尝试一切有意思的新生事物，当然也包含了科幻小说。在玛丽·雪莱的追随者中，就有两位大家：法国人儒勒·凡尔纳和英国人赫伯特·乔治·威尔斯。他们发扬并巩固了科幻小说这一文学类型。玛丽·雪莱被誉为科幻之母，那这二人就是科幻文学的开山老祖。

凡尔纳大家很熟悉了，大部分书店里都能找到他的作品，甚至可以这么说——没有读过凡尔纳小说的童年是不完整的童年。这位法国人一生著作丰富，23岁时发表了他的第一部科幻小说《乘气球旅行》后，就走上了科幻小说的职业创作道路，一直到生命尽头。他的科幻小说成系列，总名称为《在已知和未知的世界中的奇异旅行》，其中我们熟悉的有《地心游记》《从地球到月球》《海底两万里》《神秘岛》《八十天环游地球》等。他的作品已被翻译成多种语言，20世纪初就被引入我国。到目前，中译本的凡尔纳的作品近40种，有的作品甚至有若干种译本，如《海底两万里》，从 1951 年算起共有 15 种译本，先后有 14 家出版社出版发行。可见他的作品受人喜爱的程度。

凡尔纳的科幻小说有浓烈的冒险色彩，他以当时的科学技术条件为基础，添加适当的幻想，发展出曲折的情节，满足了大众对未知世界的好奇心，因而深受欢迎。他用笔带着读者上月球，入地心，横跨太平洋……种种不可思议，皆用科学技术实现。读者从他的小说中，感受到了科学技术的魅力，以及科学勇士与先驱者的不凡。

图 4 儒勒·凡尔纳

常常有人将凡尔纳的科学幻想当作科学预言，这是因为他在写作前，对文中涉及的科学技术做过深入的研究，比如，他为了写从地球飞行到月球，就仔细研究了空气动力、飞行速度、太空中的失重以及物体降落等技术问题，并提出了自己的理论。凡尔纳的科学预言力，其实是根据科学发展的规律与必然的趋势做出的合理构想。因为合理，这些构想到 20 世纪几乎全都成了现实。

人无完人，小说也没有完美的小说。凡尔纳小说的严重缺陷就是人物扁平化，缺乏深刻的描绘。他创作了那么多作品，可是能被人口口传诵的作品人物，恐怕只有《海底两万里》中的尼摩船长了。但船长的粉丝数量，远不及《海底两万里》中的另一个重要角色"鹦鹉螺号"潜水艇的粉丝多。

凡尔纳的科幻小说，从现实出发，贴近大众生活，拉近了科学和普通民众的距离。他给了科幻小说"不仅可以想象，还可以实现"的魅力。

另一位科幻老祖赫伯特·乔治·威尔斯是英国人，他的家境不如凡尔纳富裕，父亲经营的店铺倒闭了，母亲一直给有钱人家做仆人。他为了生计做过布店和药剂师的学徒。幸好，他读书很勤奋，得到了一笔助学金，完成了伦敦科学师范学校的学业，当了一名教师。

如果威尔斯就此满足，生活可能会渐渐富足安逸。然而，童年的经历和磨炼，使他无法就此停步，他注定要走向繁杂丰富的社会，而不是待在学院的象牙塔中终老一生。

威尔斯走出大学，作为记者游历世界各国，还访问了被资本主义视为异端邪说的苏联。迅速发展变换的时代风云，以及丰富的亲身经历，促使威尔斯成长为一位杰出的小说家。他选择科幻小说作为创作载体，笔下恣意幻想，任意调配时空，开拓了后世几乎所有的科幻小说题材，极大地促进了科幻小说文体的发展和繁荣。

乔治·萧伯纳是威尔斯的密友，他们彼此影响，因为对社会主义的信仰走到了一起。威尔斯自称"从学生时代起就是一个社会主义者"，对资本主义社会的批判贯穿了他的所有作品。

威尔斯的创作时间很长，一生著书170余种，涉及面极广。他不仅仅写科幻小说，还写过洋洋百万言的《世界史纲》，参加起草过《人权宣言》（后来成为联合国《世界人权宣言》的蓝本）；他和大文豪萧伯纳共过事，一起研究社会主义工人运动；他还见过罗斯福和斯大林，倡导社会改革。与在自家书房中研究科学，幻想在地球和太阳系中冒险的凡尔纳相比，威尔斯的人生更波澜壮阔，他关心的不是人类在地理上能有多大发现，而是人类社会的变革和危机。

威尔斯大学期间主修生物学，曾师从于著名生物学家托马斯·赫胥黎，形成了自己的以进化论为基础的科学思想体系。1895年，威尔斯发表了他的第一部科幻小说《时间机器》。这年他29岁，思维敏锐，观点鲜明，用一部时间机器，带领读者进入了数百年、数千年乃至地球末日的未来。在支持进化论的他看来，社会如果不加改革地发展下去，则未来人类的命运将会十分悲惨。

图5 乔治·萧伯纳

威尔斯的《时间机器》将科学冒险从二维平面提高到四维空间，打开了科幻小说中"时间旅行"类型的大门，就此奠定了他在科幻小说历史上的地位。这之后，他还创作了《隐形人》《人类复制岛》《大战火星人》《月球上最早的人类》等卓越的科幻小说。

威尔斯的作品在科学幻想的外表下包含深厚的现实性。威尔斯借助科学幻想，针砭时弊，揭示现实，巧妙地表达了自己对人生、对社会的看法，这也是他试图通过教育和科学技术改造社会的一种尝试和努力。他的科幻小说常常具有讽刺性，描写各种先进的科学技术对未来世界的影响，以及这些科学技术所带来的社会问题。他不回避政治冲突，直面意识形态斗争，这使他的科幻小说具有强大的生命力，感染和启示着一代又一代的读者。

威尔斯笔下涉及的科幻题材太多了。大家比较熟悉的科幻题材：包括时空、星际大战、基因突变、星际旅行、末日等，他都写到了。大概只有人工智能他没有涉及，毕竟他是生物学家，不是自动化教授。

和凡尔纳一样，威尔斯也对人类登月感兴趣。不过，他的登月过程没用大炮，而是研制出了一种能阻挡万有引力的物质。

在《第一次登上月球的人》中，科学家卡沃尔用这种物质制造出一只飞行球，与朋友贝德福一同前往月球探险。登月后，两人被月球人追捕。贝德福逃生返回地球。卡沃尔被月球人抓住关进了月球的地下世界，他想办法向地球发回信息，讲解了月球人的身体构造和社会结构。

月球人根据各自担任的社会职责，用生物药剂刺激某部分器官畸形发展，如数学家的脑袋硕大无比，但四肢萎缩；警察肌肉发达，邮差腿脚细长，等等。这种影射说得再清晰明白不过了。威尔斯就用这种方式抨击了现代社会。

1902年，乔治·梅里爱将这部小说和儒勒·凡尔纳的小说《从地球到月球》结合在一起，编导了黑白无声电影《月球旅行记》。电影全长14分钟，还有动画效果。这是人类的第一部科幻电影。

1904年出版的科幻小说《神食》，描述了两位科学家配制了一种能够激发生物生长潜力的"神食"。有了神食后，巨型生物不断出现，老鼠大如虎，小鸡比猫大，黄蜂壮如鹰，彻底颠覆了这个世界的面貌。科学家又用神食喂养自己的子女，哺育出了一代巨人，他们人高马大，力大无比，心地良善。但他们却不被统治阶层所接纳，遭到无端迫害，因为他们妨碍了当权者的利益。巨人们没有屈服，而是奋起反抗。

威尔斯称《神食》为"人类事物规模变化的幻想曲"。他在1901年出版的《预见》一书中，在推测未来的可能性时偶然有了这

图6 电影《月球旅行记》剧照

个构思。《神食》对人类和世界的未来充满希望。

在小说结尾，年轻的巨人整装待发，威尔斯饱含热情地写道：

> 他遍体辉煌，无畏地探望着星光灿烂的无垠空间。他全身披挂着铁甲，年轻，强壮，意志坚定，凝然不动。后来，灯光掠过，衬着群星密布的天空，他成了一个庞大的黑影——这黑影以其有力的手势威胁着苍天，连同那上面无数的小星星。

威尔斯通过小说的形式，描写了人类社会的矛盾和发展。他继承了前人勇于探索的精神，紧随科学发展的步伐，运用敏锐的思维，透视现实世界，对现实做了很多犀利的批评，对未来做出了许多预见性的想象。他曾经四次被提名诺贝尔文学奖，但仅仅得到了提名。诺奖没有鼓励一个社会主义信仰者创作科幻小说的气度。

NO.3 科技走一步，科幻走两步

除了凡尔纳、威尔斯，19世纪还有其他一些优秀的科幻作家，比如《福尔摩斯探案记》的作者阿瑟·柯南·道尔，他创作的《失落的世界》是第一本写恐龙的长篇科幻小说，柯南·道尔还亲自将这部小说拍成同名默片，后世的《侏罗纪公园》《金刚》等电影都深受影响。又比如美国的著名诗人、小说家埃德加·爱伦·坡，他写下了《瓶中手稿》《皮姆历险记》《瓦儿德马案实》等科幻小说，开了美国科幻小说的先河。

问题来了，为什么科幻小说会诞生在19世纪的英国，又能有那么多作家响应，创作出大量脍炙人口的优秀作品？这个还得从科幻小说的源头讲起。

在西方，科幻小说最早的源头，有人追溯到公元前2100多年的《吉尔伽美什史诗》。

《吉尔伽美什史诗》刻在泥板上，是古代两河流域阿卡德人的作品，在世界文学史和文化史上有着十分重要的地位，对欧洲各民族的文学形成都产生了极大的影响。

吉尔伽美什是半神半人式的英雄人物，他制服过猛兽，战胜过魔怪，在神的启示下躲过了洪水大劫难。最后他去追求长生不死的仙药，神仙可怜他，告诉他怎样拿到仙药，结果他却什么也没拿到。这部古老的英雄史诗，反映了上古先民与自然搏斗，探求自然规律、生死奥秘的过程。

这个吉尔伽美什的故事是不是有点眼熟？对的，希腊神话故事中有类似的英雄，欧洲其他国家的民间传说故事中也能找到吉尔伽美什的影子。

希腊的荷马史诗《奥德赛》算是此类作品中的经典：伊萨卡国王奥德修斯在特洛伊战争结束后率部归乡，历经十年海上漂泊，遭逢各种磨难，但他凭借自己的机智和勇气顽强地与厄运做斗争，终于得以平安返回家园。故事中的种种险象，是在向人们揭示未知世界的恐怖，告诫人们自然界中存在着各种危及人类安全的险境，但人类也不必沮丧，只要依靠智慧和不懈的努力就有可能得到胜利。

图 7 刻有《吉尔伽美什史诗》的泥板，现存于苏莱曼尼亚博物馆

神话传说、英雄故事都带有幻想的色彩,它们记录了人类早期探索自然的活动,反映了人类征服自然、躲避灾难、冲破束缚的信念。

幻想与科学技术的结合最早在古希腊就开始了。生活在公元初年的希腊学者普鲁塔克写过一篇《论月球表面》,讨论月球上的阴影究竟是什么、月球上到底有没有居民。

公元2世纪,古希腊作家卢奇安写了两篇关于月球旅行的故事,其中一篇名为《真实的历史》。故事中的主人公乘船从地中海出发,遭遇强风,被刮到了空中,离奇地登上了月球,目睹月球人与太阳人的星际大作战。作者以极丰富的想象力,描绘了上天世界中的种种奇异景象。卢奇安运用他所了解的所有科学知识,描绘了一个与现实世界完全不同的世界。因此也有人提出,卢奇安的这篇《真实的历史》才是史上第一篇科幻小说。但要是单以写了月球就是科幻的话,似乎对科幻的定义太简单了。

说到月球,我国唐朝就有关于月球的小说了,比卢奇安的作品只晚了几百年。这就是《酉阳杂俎》中天咫卷写的故事。

原文如下:

大和中,郑仁本表弟,不记姓名,尝与一王秀才游嵩山。扪萝越涧,境及幽夐,遂迷归路。将暮,不知所之。徙倚间,忽觉丛中鼾睡声。披蓁窥之,见一人布衣,甚洁白,枕一襆物,方眠熟。即呼之,曰:"某偶入此径,迷路,君知向官道否?"其人举首略视,不应,复寝。又再三呼之,乃起坐,顾曰:"来此!"二人因就之,且问其所自。其人笑曰:"君知月乃七宝合成乎?月势如丸,其影,日烁其凸处也。常有八万二千户修之,予即一数。"因开襆,有斤凿数事,玉屑饭两裹,授予二人，曰："分食此，虽不足长生，可一生无疾耳。"乃起，与二人指一支径："但由此，自合官道矣。"言已，不见。

大和是唐文宗李昂的年号，时间是公元 827—835 年。这个故事有具体的时间、地点、人物，真实感特别强。不过文中出现了七宝，这个是指佛教七宝，包括金、银、琉璃、珊瑚、琥珀、砗磲、玛瑙。月亮是这七种宝物合成的？这难免是叙述者的想象了。

故事翻译成现代语言，是这样的：

在 827 年—835 年的某天，郑仁本的表弟和一位王秀才同游嵩山。俩人翻山岭越山涧，在密林深处越走越远，渐渐迷了路。眼看天就黑了，俩人惶恐不安，不知如何是好。这时，忽然听见草丛中有打呼噜的声音。俩人赶紧拨开草丛，只见一个人身穿洁白布衣，头枕着一个包袱，正在熟睡中。二人将他叫醒，询问下山的路。那白衣人瞟他们一眼，转身又睡。二人不依不饶，白衣人无奈坐起来说："过来吧，我告诉你们。"二人凑过来问："您是从哪来的呀？"白衣人笑答："你们知道吗？月亮是由七宝合成的。月亮的形状就像一个球。你们看见月亮发出的光亮，其实是太阳照到月亮的凸处而产生的。有八万二千户人，常年在月亮上修整起伏不平之处，我就是其中一户。"白衣人打开包裹，里面果然有凿子、斧头之类的工具，还有两包饭。白衣人把饭送给二人："这是'玉屑饭'，你们吃了虽然不能长生不老，但一辈子不会生病。"说完，就站起来指着一条小路说："沿着这条路走就能走到大路上，

去吧。"二人顺着他所指方向望去。再回头,白衣人已经消失不见了。

《酉阳杂俎》是唐代文学家段成式写的,时间约为9世纪。这个白衣人是不是登月的宇航员?白衣是宇航服,而玉屑饭是压缩饼干?

比较起遥远的月球,人们更关心身边的世界。从14到16世纪,欧洲大陆上掀起了一场彻底改变世界面貌的文化运动,即文艺复兴运动,这场运动不仅是一次极其深刻的思想革命,造就了欧洲近代文学艺术的繁荣,它还宣告了近代自然科学的诞生。15世纪末,大规模的航海探险活动拉开了帷幕。不久,人类便证实了地球是圆形球体的猜想,世界地图的面貌从此发生了巨大的变化。天文学、医学、数学、物理学相继得到迅速发展。

新的地理发现开阔了人们的眼界,探险者从外域带回了许多令人耳目一新的奇闻逸事,则极大地刺激了人们的好奇心。有关大西洲的记载,使人们相信地球的某些地方一定还存在着未知的世界。到了17、18世纪,有关去未知世界旅行的作品多了起来。德国的著名天文学家开普勒就写了一部名为《梦,或月球天文学》的小说。这位发现了行星运动三大定律的科学家用了十多年修改他的小说,直到1634年才得以出版。小说简短地讲述了飞往月球的过程和月球上的种种事物,然后用了正文三倍的篇幅做科学性注释和概念解释。

1726年,爱尔兰文学家斯威夫特的小说《在世界遥远国度的游记》出版,这就是我们熟悉的《格列佛游记》。游记记叙了在航海术帮助下的格列佛如何在小人国、大人国、拉普他岛游历,以及与马族相遇的故事。格列佛的故事具有很强的讽刺性,可是很多时候人们将它定义为儿童小说。

图 8 《格列佛游记》插画：格列佛在小人国

1730 年，大文豪伏尔泰也写了一篇科幻味道很强的小说《米克罗美加斯》，讲述天狼星人和土星人一起到地球来旅行。因为伏尔泰具有引力方面的知识，故事中的星际旅行以当时最新的宇宙论为基础，完全没有幻想成分。

1741年，挪威的路德维希·霍尔伯格出版了《尼古拉·克里姆的地下世界之旅》，故事讲述尼古拉·克里姆在地球内部旅行的过程，他发现地球不但中间是空的，而且空得还塞进了一个星系。这部作品大受欢迎，一直到19世纪还在流行。仿作层出不穷，就连凡尔纳的《地心游记》都带着它的影子。

这一时期的作品已明显带有近代科学的印记，考证科幻发展史的学者将其统称为早期科幻作品。

直到20世纪，仍有大批的科幻作家兴致勃勃地寻找着未知的世界，他们有的钻入地下，有的潜入海底，有的搜寻亚马逊的热带雨林、喜马拉雅山的深谷密境以及冰雪覆盖的极地，设想着一个个形态各异、一直与我们隔绝而独立存在的生物群体。对未知世界的探险和发现是科幻小说永远的话题。科幻小说自由畅想的另一个源头来自乌托邦文学。乌托邦雏形的出现可以追溯到哲学家柏拉图的《理想国》，他在这本书里讲述了自己心目中的理想国度。1516年，英国人托马斯·莫尔写了一本书就叫《乌托邦》（全名是《关于最完全的国家制度和乌托邦新岛的既有益又有趣的全书》），讲了自己的理想国——乌托邦（意即"任何地方都找不到的东西"）。这个地方财产公有，人民平等，人人劳动，按需分配，不仅自由、民主、博爱，而且无比富有，人人俊美，道德文化水平很高。

托马斯·莫尔是外交家、人文主义者，当过英国的首相，但他没有机会在现实中实现政治抱负，而且因为不支持国王离婚被砍了头。

后来乌托邦理想为世人所知，并且得到了精英分子的响应，乌托邦小说此后还有德国人托马索·康帕内拉的《太阳城》，法国人弗朗西斯·培根的《新亚特兰蒂斯》等。

乌托邦原本是学者们的一种政治理想，期望找到人类社会的理想

图9 版画：托马斯·莫尔

存在模式，这与科幻小说关心人类整个种族命运的目的相似。不过科幻小说作家并不总是乐天派，他们的笔下创造出了反乌托邦式的社会。乌托邦是对美好社会的一种向往，反乌托邦则是对现实社会的讽刺，对未来的一种警示，告诫人类如果不能理智地控制自己的行为，世界就有可能会变成地狱。

在文学界，《弗兰肯斯坦》本该属于哥特小说。哥特小说是18世纪中期流行的通俗文学，因小说多发生在中世纪哥特式的阴森古堡中而得名。这种小说往往充满神秘色彩，有恐怖成分，故事中常常出现鬼魂、凶杀等惊悚情节，当时曾在英国风行一时，是中产阶级饱食终日后的休闲读物。英国的狄更斯和勃朗特姐妹，美国的埃德加·爱伦·坡和霍桑等都写过哥特小说。

但是《弗兰肯斯坦》第一次引入了现代的科学原理和技术发明，与传统的哥特小说泾渭分明。在此之前的神话传说、英雄传奇、探索世界及乌托邦文学虽然不乏丰富的幻想，却都不具备充分、成熟和可靠的现代科学依据。原因很简单，因为它们的出现都是在现代科技产生之前。

只有现代科技发展了才有科幻小说，这是科幻小说与其他类型小说的根本区别。

可以说是经过千多年的积累发酵，科幻小说才终于在恰当的时代通过《弗兰肯斯坦》降落世间。

《弗兰肯斯坦》出版的时代，是什么时代呢？那是19世纪初，第一次工业革命正干得热火朝天的时候——英、法、美等国相继完成了工业革命，科学技术文明空前发达，天文、地理、物理、生物等学科都相继有了重大的发现。广大民众被日新月异的科学所震惊，他们有了蒸汽机车，有了电话，有了X光……生活发生了巨大的变化。民众相信科学，并对科技改变世界抱有各种不切实际的幻想。在他们看来，科学知识是一件魔力无边的法宝，它能带着人类不断探索、发现奇迹。

然而智者总是走在人类眼界的前面，他们有的看到了科学技术将取得的巨大进步，有的看到了科技背后的阴影，对科学技术的迅猛发展提出了憧憬或者疑问。

《弗兰肯斯坦》提出了疑问：科学能够造人了，但却无法改变社会的状况……

《时间机器》提出了疑问：科学发展的将来，人类会变成什么样子？是不是依然有阶层，而且分化越来越严重……

《神食》在憧憬：将有崭新的人类，突破现有认知的腐朽框架，带着新思想茁壮成长……

此时，英国在芝加哥和敖德萨有粮仓，在加拿大和波罗的海有森林，养羊场在澳大利亚，金矿和银矿在加利福尼亚和秘鲁，牙买加刚刚成为英国的殖民地。在全世界买买买的英国人喝从中国运来的茶叶，饮在东印度种植场培植的咖啡，感叹大英帝国的繁荣昌盛。

然而，工业不仅带来欣欣向荣，还带来了英国皇家河流污染调查委员会"泰晤士河也就无可阻挡地成了藏污纳垢之所"的报告，大量用煤造成的严重大气污染，因为追求快速扩张而倒闭的银行……

有远见的科幻作家在看到资本主义繁荣的同时，也看到了在资本背后的残酷剥削和压榨，对人类的未来忧心忡忡。这也是他们投身科幻小说创作的动机。

"二战"结束后，身患糖尿病的威尔斯，生命走到了尽头。他从战争的风云中看到人类的未来，饱含希望也充满自我毁灭的危机，正如他在《时间机器》中发出的感慨："想到人类智慧之梦是如何的短暂，我不禁惆怅万分，它已经扼杀了自己，它曾经执着地追求舒适和安逸，追求一个以安全和永恒为口号的均衡社会，它让自己的理想成为现实，然后也导致了自己的毁灭……"

于是，科幻小说就攀沿着科技树的成长飞速发展，在科技发展的道路前方亮起一盏明灯，不仅想象科技的将来，更警惕着科技的将来。

科幻小说是科技发展到一定程度后的必然产物，是工业革命对社会深刻影响的必然反映。科幻小说的源头来自人类对未知的好奇心。

1840 年	英国的大机器生产基本上取代了传统的工厂手工业，工业革命基本上完成。英国成为世界上第一个工业国家。
1832 年	薄片玻璃制造成功。廉价的玻璃门窗进入日常应用之中。
1830 年	利物浦和曼彻斯特之间开通了世界上第一条城际铁路。随后，欧洲各国纷纷修建铁路。蒸汽机车开始在全世界运行。
1825 年	英格兰东部，世界上第一条公共蒸汽铁路试车成功。
1824 年	水泥诞生，为建筑业带来重要进步。
1814 年	蒸汽机车诞生。英国改善了交通基础设施。原材料、工业制品和新思想得到迅速传播。
1812 年至 1820 年期间	第一家燃气照明公司在伦敦成立。人们夜晚不再使用羊脂蜡烛或油。夜生活在城市中普及。
1800 年	钢铁业迅速发展。有了炼钢厂和扎钢机。钢铁变得廉价了，钢轨和其他工业制品得到了充足的原料。
1798 年	造纸机诞生，报纸和大众图书出版规模扩大，识字率大幅提高。
1785 年	瓦特改良型蒸汽机投入使用，提供了更加便利的动力。蒸汽时代开始了。
1778 年	一座铸铁桥建造成功，铸铁越来越便宜，开始在桥梁和建筑上普遍使用。
1774 年	第一台工业用机床诞生，能够批量生产小型机械。
1765 年	珍妮纺织机出现，棉纺织业进行技术革新。第一次工业革命开始了。

图 10 第一次工业革命机械化

NO.4 从黄金时代到新浪潮运动

在科幻小说史上,黄金时代和新浪潮运动之间并没有太明显的分界岭,它们像潮水样一波连着一波,将科幻小说这一文体推向成熟。

1900年以后,科学技术发展的脚步更快了,几乎要小跑起来。两次世界大战不仅没有摧毁科技的热情,阻拦科技的步伐,反而因为战争需求,人类打开了核武器的大门,释放出了一个足以毁灭全人类的原子弹恶魔。

科技飞速前进带来的新奇生活和恐怖未来,你选哪样?

在这种背景下,科幻小说得以井喷式发展,以英国和美国为代表的科幻作家、科幻杂志、科幻奖项和科幻爱好者形成了科幻共同体,促使科幻小说有了比较良性的发展空间。

19世纪中期以后,科学进入大发展阶段,技术的广泛应用提高了工业生产的效率,人们从繁忙的劳役中有了喘息的可能,空余休闲时间开始增多,阅读消遣成了人们生活的一部分,杂志因其内容丰富、灵活多变的特性而受到人们的青睐。

1884年,德国人发明新的造纸法,采用木头做原料,生产出一种木质纸浆，大大降低了纸张的成本。由于这一技术革命，早期的纸浆杂志出现了。这种杂志十个美分就能买到，非常便宜，因而得到了大众的追捧。登在这种杂志上的小说被人称为一角钱小说，由于读者众多，吸引了很多作家前来投稿。

19世纪末至20世纪上半期，大多数科幻作家就在这种杂志上发表作品。威尔斯的许多作品也曾在这种杂志上登出。较为知名的早期杂志有瑞典的《思想》、德语国家的《兰草园》和美国的《文库》《小说》《骑士》等。

早期的纸浆杂志还不是专门的科幻载体，科幻小说只是杂志内容的一部分。到1926年，专门的科幻小说杂志才在美国正式出现，这就是《惊奇故事》，副标题首次使用了Scientifiction一词——显然是由scientific（科学的）一词和fiction（幻想故事）一词拼缀而成，所表达的意思就是科学幻想故事。后来，这个名称演化为"Sciencefiction"，缩写为"SF"，成为科学幻想的专用缩写。

《惊奇故事》是第一本专门发表科幻小说的杂志，出版后销路很好，很快给主办者雨果·根斯巴克带来收益。

雨果·根斯巴克靠卖电池和推销家用广播电器起家。1908年他办起第一本个人杂志《现代电子》，并且在这本杂志上连载了自己的科幻小说《拉尔夫124C·41+》（Ralph124C·41+）。这以后，根斯巴克一发不可收拾，屡次在《现代电子》上自编或发表他人的科幻文章。经过几年的摸索和准备，他终于创建了《惊奇故事》。

什么样的文章才叫Scientification呢？根斯巴克认为，像凡尔纳、威尔斯和埃德加·爱伦·坡这些人写的作品就是Scientification，既新奇浪漫，又有科学根据，还带预见性的展望。继《惊奇故事》之后，根斯巴克又办了几本类似的刊物，把遍布四方的科幻作家群集于科学幻想小说的大旗之下，为他们提供了展露才华的阵地，为科幻小说作为一个正式的文学流派出征文学江湖奠定了基础。

后人为了纪念根斯巴克所做的贡献，在1953年以他的名字命名了科幻小说的创作奖——雨果奖。听上去是一个多么响亮的名字，使我们想起法国大文豪维克多·雨果。也可能正是这个缘故，该奖才使用了根斯巴克的名，而没有用他的姓。

我国科幻作家刘慈欣所获得的外国科幻大奖，就是这个雨果奖。他是第一个获此荣誉的亚洲人，获奖作品是《三体》第一部，所获奖项是第73届雨果奖的最佳长篇故事奖。

图11 《惊奇故事》封面

根斯巴克之后，约翰·坎贝尔主编了《令人惊奇的科幻小说》，再一次对科幻小说的规范化做出贡献。坎贝尔的选稿要求强调小说的科学性，要求小说"写真正的科学""用现实手法描写超现实的题材""用过去式描写将来的事物""对科技和进步保持乐观态度"等。在这些原则中，"以理性和科学的态度描写超现实情节"这一条最为重要，它将科幻小说鲜明地从其他文学类别中剥离了出来。坎贝尔对科学知识的强调甚至达到了以假乱真的地步。1944年，坎贝尔的杂志上发表了克利夫·卡特米尔的《生死界线》，文中涉及了原子弹的研制过程。很快，联邦调查局军事情报人员就到杂志社调查，怀疑有人泄露了曼哈顿计划（美国的原子弹研制计划），因为故事中的情节与这个绝密计划有很多相似之处。但无论是坎贝尔还是卡特米尔，根本就没听说过曼哈顿计划的事情。

坎贝尔的严格要求，培养起一批才华横溢的科幻名家，自此开创

了美国科幻小说的黄金时代。这一时代的科幻小说结构严谨，强调科技设想，对未来充满乐观情绪。这与当时的科技发展相呼应。20世纪50年代，人类开始了宇航探索，发射地球卫星，进行月球探索，一切都朝气勃勃。人们积极、乐观，对未来充满信念，相信技术和时代进步。这种乐观之中，虽然也有不和谐的反对声音，但都不值一提。

这个时代最著名的科幻作家被称为"黄金时代三巨头"，他们是艾萨克·阿西莫夫、罗伯特·海因莱茵与阿瑟·克拉克爵士。

［艾萨克·阿西莫夫］

图12　艾萨克·阿西莫夫

艾萨克·阿西莫夫，美国著名科幻小说家、科普作家、文学评论家，美国科幻小说黄金时代的代表人物之一。阿西莫夫一生著述近500本，题材涉及自然科学、社会科学和文学艺术等许多领域。他是著名的门萨学会会员，后来还担任了副会长。其作品中的《基地系列》《银河帝国三部曲》和《机器人系列》三大系列被誉为"科幻圣经"。曾获代表科幻界最高荣誉的雨果奖和星云终身成就大师奖。小行星5020、《阿西莫夫科幻小说》杂志和两项阿西莫夫奖都是以他的名字命名。阿西莫夫写作速度很快，可以一个月写一本，主题从《圣经》到人体什么都有。他除了写小说还写科普，哈佛古生物学家乔治·辛普森因此称他是"我们的自然奇迹和国家资源之一"。这些得益于他早期阅读和创作科幻的经历，为他提供了敏捷的思维和丰富的学识积累。

［罗伯特·海因莱茵］

罗伯特·安森·海因莱茵是最有影响和最具争议的美国科幻小说作家之一，被人称为科幻先生。他的作品不但在科学和工程方面的可信度达到了罕有的标准,而且也提高了科幻小说的文艺水平评价标准。他是 20 世纪 40 年代晚期将无修饰科幻小说打入主流一般杂志(比如《星期六晚邮报》)的第一位科幻小说作家,也是 20 世纪 60 年代最畅销长篇科幻小说的前几名作家之一。他五次赢得星云奖,1975 年获得星云奖的第一届科幻大师奖,七次赢得雨果奖(三次是追授)。海因莱因作品的主要题材包括:极端个人主义、自由意志主义、独我论、宗教、精神和肉体之爱的关系、对全新家庭结构关系的猜测,等等。由于他对这些题材独树一帜的写法,外界对他作品的反应经常截然不同。他 1951 年的《星舰战将》被指责为法西斯主义,1961 年的《异乡异客》则出乎意料地被列入鼓吹性解放和反文化的文学作品之中。

图 13 罗伯特·海因莱茵

[阿瑟·查尔斯·克拉克]

阿瑟·查尔斯·克拉克,英国科幻小说家。其科幻作品多以科学为依据,小说里的许多预测都已成现实。尤其是他对卫星通信的描写,与实际发展惊人的一致,地球同步卫星轨道因此被命名为"克拉克轨道"。他的作品包括《童年的终结》(1953)、《月尘飘落》(1961)、《来自天穹的声音》(1965)、《帝国大地》(1976) 和《2001》等。他还与人合作拍摄富有创新性的科幻电影《2001 太空漫游》。克拉克于 2008 年 3 月 19 日在斯里兰卡辞世,享寿 90 岁。他在临终前还完成了最后一本书《最终定律》的校对工作。克拉克经常用"近未来"作为主题,探讨人类在宇宙中的位置。

图 14 阿瑟·查尔斯克拉克

黄金时代当然不能只有上述这三位大师,还有许多杰出的科幻作家,比如雷·布雷德伯里、杰克·万斯、弗莱德里克·波尔、克莱门特、罗伯特·谢克里、贝斯特等。这个名单上有很多很多名字,我在这里就不一一赘述了。在后面的科幻类型题材讲解中，我们还将与黄金时代的大家们相逢。

然而，随着美苏冷战的持续，太空探索的脚步渐渐放慢，传统科幻小说的活力也在消散，经典题材如星际探险、地外生物、银河系战争等不再具有新意，许多科幻读者和作家都希望来一次颠覆和创新。

这种情况下，新浪潮运动开始了。

其实，科幻小说就是要不断开拓新的题材和新的写作方法，作为类型文学，它最应该维护的就是"创新"这个根本。

在这场运动中，有四位科幻作家卓尔不群，创造出新的科幻领域，他们是把神话引入科幻的罗杰·泽拉兹尼；把生态学引入科幻的弗兰克·赫伯特；把女性主义引入科幻的厄休拉·K.勒吉恩以及把心理学引入科幻的菲利普·K.迪克。

菲利普·K.迪克和弗兰克·赫伯特在第二讲中还会出现。我就简略介绍下其他二位。

罗杰·泽拉兹尼与厄休拉·K.勒吉恩等人在20世纪60年代发起科幻改革，并率先倡导科幻小说写作要从心理学、社会学和语言学三方面考虑，由此打破了太空冒险科幻一统天下的局面，被誉为"新浪潮的旗手"。从1962年开始笔耕，在他32年的创作生涯当中，罗杰一共摘取了六次雨果奖、三次星云奖。20世纪60年代美国科幻新浪潮运动，他站在了最前沿。他的《光明王》《光与暗的生灵》在科幻史上具有里程碑的意义。他的奇幻经典《安珀志》数十年来畅销不衰。

泽拉兹尼的第一部长篇科幻小说《不朽》刚出版就获得当年的雨果奖。故事发生在核战之后的地球，被称为"素食者"的外星人来到此地，主角康拉德·诺米寇斯受命给一名素食者当向导，游历残存的废土。但这个任务似乎把他扔进了阴谋的漩涡，而地球和人类的命运也落在了他的肩上。这篇小说奠定了泽拉兹尼的科幻文学风格以及他在科幻文学领域的地位。

虽然玛丽·雪莱开创了科幻小说这一类型文学,但女性科幻作家很少,优秀的女性科幻作家更少。像厄休拉·K.勒吉恩这样以一部作品同时拿到星云奖和雨果奖的女性科幻作家更是凤毛麟角。

图15《黑暗的左手》封面

这部作品就是《黑暗的左手》,它的故事并不复杂:星际联盟使者金力·艾来到了终年严寒的格森星,试图说服星球上的国家加入联盟。格森星人只有单一性别,由此带来对性别、社会、生命等议题的深入探讨。

厄休拉·K.勒吉恩不仅是科幻作家,还是奇幻、女性主义与青少年儿童文学作家,并与人合译老子的《道德经》。她的作品深受老子与人类学影响,作品常蕴含道家思想。

她的奇幻小说《地海》系列常常与J.R.R.托尔金的《魔戒三部曲》或C·S·路易斯的《纳尼亚年代记》相提并论,是奇幻小说中的不朽经典。

NO.5 千亿个世界

上文讲到的黄金时代和新浪潮运动都发生在英美,是英语世界中科幻小说发展的大致历程。那么,在非英语世界,有没有科幻小说?

当然有。虽然科幻小说是在英国起源,在美国兴盛,但它是一种科技时代必然会产生的文学形式,只要社会发展到一定阶段,一定会产生。只是美国很长时间里科技强大,科幻作者众多,因此在世界科幻小说中也占据鳌头。

美国科幻小说的叙述和表达就变成了世界科幻小说的主流。

大家都知道,人类使用的语言并非只有英语,那么,为什么要把英语写作的、反映英语世界所思所想所盼的作品奉为经典模板呢?

这是一件多不科幻的事情。

每个地区都有它独特的建筑、食物、风俗、语言和社会发展历史。尊重理解,兼收并蓄,才是文化之间平等的交融和交流。

所以,对科幻小说的了解,绝不应该只到美国科幻就止步。如果那样,千亿个不同的世界就被忽略了。太可惜了。

从世界范围来看,科幻小说在英美地区发展得确实比较茁壮,但其他地区也不是一无所有。其中三个地区更是不可忽视,它们是:俄语地区、日本和中国。

俄语地区原来的名字叫苏联。这个已经成为历史的社会主义国家,虽然只存在了短短70年,却产生了大量优秀的文化作品,科幻小说则是其中最闪亮的部分之一。

苏联科幻小说的奠基者,竟然是"宇航之父"康斯坦丁·齐奥尔科夫斯基,由此可以想象苏联科幻小说的科学色彩何等浓厚。齐奥尔科夫斯基著有科幻长篇小说《在月球上》《宇宙在召唤》等,他最知名的科幻小说是发表于1920年的《在地球之外》。

《在地球之外》的故事发生在2017年及随后的年代里。一群来自不同国家的科学家和技工乘坐自己建造的火箭飞船到太空去旅行,在他们勇敢探索精神的鼓舞下,地球上的人们也大批移民到外层空间,住进环绕在地球轨道上的温室城市。本书有预见性地叙述了火箭飞船里的飞

图16 齐奥尔科夫斯基

行生活，描绘了太空城移民社会的画面，讲述了月亮上、小行星上和太阳系空间的种种奇妙现象。

齐奥尔科夫斯基是现代航天学、火箭理论和星际航行的奠基者。他的科幻小说，当然科学知识满满。《在地球之外》中，齐奥尔科夫斯基凭借深厚的数学和力学知识，对火箭飞行和太空探索进行了严谨的论证，探讨了人类飞向宇宙的可行性与实现方法，详细地叙述了火箭在太空如何飞行、乘客如何在飞船中生活、人造卫星如何移民等超前的设想。小说中还重点提到人造重力旋转装置是在太空中建立移民城市的关键构想，对后世的太空移民计划有着重大启发。

令人难以想象的是，齐奥尔科夫斯基因十岁时得过猩红热，听力迟钝，无法在学校中正常学习，只能选择边做小工边自学。他不仅系统自修完了中学到大学的全部数理化课程，还阅读了大量的科幻小说。因此，他才能一方面研究喷气飞行原理和卫星中间站理论，一方面写科幻小说。

齐奥尔科夫斯基说："**地球虽然是人类的摇篮，但人类不会永远躺在这个摇篮中！**"

这句话是所有致力于书写人类壮丽宇航事业的科幻作家的座右铭。

苏联的科幻作家就是这么牛，出手的全都是大师级别人物。齐奥尔科夫斯基之后，苏联的又一位科幻大家是阿列克谢·尼古拉耶维奇·托尔斯泰——被称为小托尔斯泰的文学大师！他不仅用《彼得大帝》和《苦难的历程》开辟了全景式史诗写作的先河，还为苏联科幻小说的发展贡献了两部杰出的佳作：《阿爱里塔》和《加林的双曲线体》。

《阿爱里塔》讲述了工程师罗希和退伍红军战士古谢夫的火星探险故事。不过，和西方探险家的浪漫火星故事不同，这两位苏联人直接就号召火星劳苦大众推翻黑暗统治……作为语言大师，《阿爱里塔》

写得十分生动,既有科学探险又有俄式浪漫,文学性上也丝毫不差。因此,《阿爱里塔》成为被西方接受的第一部苏联科幻小说。《阿爱里塔》将社会主义价值观与情节有机融合,得到了高尔基的赞扬,成为苏联青少年的科幻入门读物。

《加林的双曲线体》(又译作《大独裁者》)讲述的是苏联工程师加林发明了一种可产生死亡射线的双曲线体,并利用这种双曲线体无敌于天下的故事。野心勃勃的他在资本帮助下,成为独裁者。托尔斯泰善于用历史写作的严谨性书写人类的一切活动,为了让小说的科学性无懈可击,他不但从科学书籍里寻找素材,向科学家请教,甚至还自学了最新的微分子学理论。《加林的双曲线体》沿袭了《阿爱里塔》走通俗文艺路线的基调,再结合反特惊险小说的手法,为苏联大众小说提供了精彩的科幻小说新样式。《加林的双曲线体》影响巨大,就连我国科幻作家童恩正创作的科幻小说《珊瑚岛上的死光》都人受到这部作品的影响。

图17 《大独裁者》中文版封面

接着要介绍给大家的这位苏联科幻作家,在苏联科幻史上的地位,相当于刘慈欣在中国科幻界的地位。套用夸赞刘慈欣的话,他"凭一人之力,把苏联科幻提升到了世界水平"。他就是亚历山大 · 别利亚耶夫,他的人生简直就是为了写作而生的。他做过剧场布景工、图书馆主任、

35

法律顾问、自由撰稿人，积累了丰富的社会阅历。1913年，他还去法国、意大利进行科学考察，写下大量科考笔记。后来又做过几年儿童教育工作。1916年，他因脊椎结核卧床三年，这段经历促成他写出了科幻小说《陶威尔教授的头颅》。

《陶威尔教授的头颅》讲述的是陶威尔教授发明了头颅移植术，可是成果却被他的助手克尔恩窃取了的故事。克尔恩杀害了教授并割下头颅，胁迫仅存有思想的头颅继续进行科学工作。当然最后邪不胜正，克尔恩受到了应有的惩罚。

别利亚耶夫所处的年代比玛丽·雪莱进步了很多，因此给了头颅移植更多科学依据，加上曲折的情节、鲜明的人物，以及对资本主义人性贪婪的披露和批判，小说发表后得到了公众的欢迎。这以后，别利亚耶夫专业写作的科幻小说《瓦格纳教授的发明》系列短篇，《水陆两栖人》《世界主宰》《跃入苍穹》等长篇小说相继问世。别利亚耶夫的作品通俗易懂，扎根科学知识进行幻想却没有科学阅读障碍，又具人文关怀，而且正邪分明，具有鲜明的思想倾向。用现在的话来说，他作品带着满满的正能量。

苏联科幻作家还有叶夫根尼·伊万诺维奇·扎米亚京，他的科幻小说《我们》运用象征、荒诞、幻想、意识流等手法，描写了一个发生在千年之后的幻想故事，与乔治·奥威尔的《1984》、赫胥黎的《美丽新世界》并称为"反乌托邦三部曲"，产生了巨大的影响。

斯特鲁格特斯兄弟的《紫云之国》《做神难》也是十分优秀的科幻小说，短篇小说《路边野餐》被苏联导演安德里塔科夫斯基改编为电影《潜行者》。这部电影是20世纪经典科幻影片之一，后来还有根据这一题材改编的电子游戏。

苏联解体后，俄罗斯仍然有科幻作家坚持写作，其中成就最大的是季尔·布雷乔夫。他是学者型作家，东方学研究院院士，获得过苏联国家文艺艺术奖。布雷乔夫是高产作家，他的科幻小说主要有两大系列，一是写给青少年看的"阿丽萨系列"，二是写给成人看的"帕弗雷什系列"。布雷乔夫的科幻作品塑造了鲜活的人物形象，多设置曲折离奇的故事情节，融科学、幻想、童话、神话为一体，很自然地融入科学、历史、地理、民间风俗等方面的知识，悬念不断，可读性较强，尤其是对细节的掌握和描写十分娴熟，无论布局、人物、故事情节，还是宏观背景，布雷乔夫的小说都堪称经典。

与我国一衣带水的日本，科技相当发达，因此也带动了科幻文学的兴盛。1959年12月，早川书房创办了日本第一本专业科幻杂志《SF杂志》。早川书房的"早川科幻文库"对日本科幻的发展起了十分重要的推动作用。

我国读者比较熟悉的日本科幻作家，大概只有星新一和小松左京。

图18 《潜行者》电影剧照

星新一以善于微型科幻小说写作著称，小松左京则以《日本沉没》给读者留下深刻印象。

当然日本科幻作家不仅仅只有他们两位。"日本现代科幻之父"筒井康隆，长短篇小说均有40部以上，风格跨度很大，擅长诙谐讽刺，在日本科幻小说界有着不可替代的地位，所获日本文学类和科幻类奖项不可胜数。他的代表作《红辣椒》（又名《梦侦探》），描写美女精神治疗师千叶敦子与天才科学家时田浩作一起研发出"PT仪"和PT仪的携带版迷你DC。利用这个新发明，他们可以进入患者梦境进行精神疾病治疗。但他们的新发明被不明人士偷走，从此研究所里就发生了一系列让人毛骨悚然的怪事……这部科幻小说从梦境的角度讲述故事，包含了科学、邪教、梦境、电影、神话、宗教、同性恋等多种元素，2006年被著名动画导演今敏改编成动画电影《红辣椒》。

田中芳树，日本学习院大学研究院的日本语文博士。田中芳树的作品题材丰富，在科幻、冒险、悬疑、历史各领域都有佳作，以壮阔的背景、幻想罗曼史、细密的结构闻名。1982年，《银河英雄传说》第一卷发表，田中芳树就成为日本文坛无人不晓的名字，并在1988年以压倒性的人气获得"星云奖"。《银河英雄传》共计20卷，讲述以"金色狮子"莱茵哈特为统帅的银河帝国与以"魔术师"杨威利为首的自由行星同盟之间波澜壮阔的银河战争史。

日本很多作家，并没有被冠上科幻作家的头衔，但其作品很多都是优秀的科幻小说。比如村上春树，他的许多小说充满幻想色彩，其中一部分更是典型的科幻小说，《世界尽头与冷酷仙境》就是这样的作品。这部获得过谷崎润一郎文学奖的小说，以两条平行的线索发展。一个世界是以当代大都市为场景的"冷酷仙境"，在这个"仙境"中，情报大战正如火如荼。另一个世界是一个山川寂寥、村社井然、鸡犬相闻的桃花源，被称为"世界尽头"。但其实这两个世界都在主人公的意识之中。

中国科幻，自百多年前从西方引入后，经过几代科幻作家、读者和编辑的努力，终于发展起来，依托蓬勃发展的科技之势，渐入主流文学的殿堂。

关于中国科幻的种种情况，我会在后面的内容中陆续说明。

科幻文学的发展是以科技发展为前提的，只有在科技发达的地区，科幻小说才会兴盛。创作者才更有创想未来的冲动，而读者也会有更多感同身受。

通过对科幻文学发展的一个简单梳理，可以看到，科幻小说是根据科学技术的原理和发展规律，采用文学手法对未来世界进行的大胆构想。科幻小说不是预言小说，如果小说中的科学技术与现实有所重合，只是因为小说家对人类科技发展的规律有深刻洞察。

我认为，科幻小说的目的是反映人类在科技发展中面对的改变，本质是描述人类在宇宙中的地位，科幻小说更多针对的是人类整体。

第二讲
科幻小说的八大类型

NO.1 科幻小说的审美

NO.2 科幻小说的类型

在上一讲中，我带着大家简单地回顾了科幻小说发展的历程，讲述了科幻小说作为类型文学的本质和目标。

科幻小说是科技时代的精神产物，是文学在科技改变生活方式的推动下产生的新的表达方式。

作为创作者，搞清楚了科幻小说的本质和目的，就可以铺开纸准备写作了。等等，好像还有什么东西没有讲明白。

审美！

选题！

这就是本讲要阐述的内容。

NO.1 科幻小说的审美

审美是什么？

从字面上来解释，就是对一个事物是否符合美的标准做出评价的过程。

美是那些令人心情愉快的事物。蓝天白云、绿树红花这些是美，宏伟建筑、整齐街道是美，优雅舞蹈、力量杂技也是美……无论是自然的，还是人为的，只要是含有生机、秩序、平衡等积极向上因素的事物，都能给予人愉悦的心情、美的感受。当然，肯定有些事物一部分人觉得美，一部分人觉得不美，但大众对多数事物美的标准，还是基本相同的。有感官行为上的美，也有品质道德上的美，不管哪种，都是昂扬向上、令人身心舒适的。

审美的能力，就是指能不能正确评价美。

审美表面上是主观的、个人的行为，但它的形成过程，要受环境影响，与当时社会的整体状况相关。比如裹小脚，这种审美现在根本无法理解，但在清朝，它居然是一种流行的审美。因此，建立正确的审美就很重要。也就是我们常说的，对待事物要有健康、正确的看法。

图19 中国园林审美讲究曲径通幽、含蓄内敛

一旦审美被扭曲,就像以小脚为美,那不是审美,而是审丑。

什么是正确的审美?

就是在理智与情感、主观与客观的统一上追求真理、追求发展、追求与自然的和谐相处。

所以纵观这两百年来的经典科幻小说,你会发现它都是探讨真理的,符合大众最素朴的认知。

然后,才是科幻小说所具有的独特的审美,这种审美就是奇观。

实验室中造出的人,从天而降的巨大宇宙飞船,深海漩涡里的世外桃源,可以进入人体血管的微型潜水艇……科幻小说中从场景到情节,以及角色,部分或者全部都是不可思议、超出我们平常认知、与我们的经验有差距的。

这些奇怪的景观令我们好奇、思考、想象,从而感受到了从其他文学作品中无法获取的兴奋与激情。

在大家都熟悉的《三体》中,奇观比比皆是。三体星球,降维打击,都是在宇宙的大尺度上给读者以心灵的震撼。

奇观所带来的是疏离,是我们不熟悉的生活经验,陌生的人际关系,从未听说过的社会问题……这种疏离带给我们神秘感、新鲜感,以及洞察未来的成就感。

这就是优秀科幻作品成功的关键:创造了一个无与伦比的奇观。

对于科幻小说这盘菜,判断菜好坏的标准就是这个。

很多科幻小说也写了奇观,为什么没有成为经典呢?

因为这个奇观不仅仅是感官上的,还是心灵上的,易于理解,更重要的是能够产生共鸣。

图20 宇航时代的奇观
喻京川 绘

就是说，虽然奇观离我们的现实经验很远，但我们仍然可以理解和感知它，并与自身的经历结合，从而获得了超凡的体验。

有人写外星球，星球运动复杂，星球上景色壮丽，生物奇异，写了很多，但并不受读者欢迎。为什么？因为一个遥远外星球上的事情，和我有多少关系？

想想《三体》，如果三体星人不到地球来抢夺我们的资源，那他们的命运我们会关心吗？

还有电影《异形》，如果异形不是在地球人的身体中孕育后代，它会有那种令我们震颤的恐怖吗？

因此，写作者要学会描写现实中的"不见"，想象此刻中的"未来"，叙述我们中的"他者"，从平淡的日常中发现异常。

将奇观拉到读者面前，将遥远的疏离融合进自身曾有的体验，这就是科幻小说独一无二的魅力。

科幻小说的类型

搞清楚了科幻小说该有的魅力，下面就说说科幻小说的选题类型。传统小说的选题，无论怎样复杂，爱情、亲情、友情、忠诚、背叛、坚守……归根结底，都是阐述人与人之间的关系。但是科幻小说中的角色不仅仅是人与人，还有人与非人，非人与非人，甚至压根儿没有人！这个选题该怎么选？

因为科幻小说最终的目的是讨论人与宇宙的关系，所以科幻小说中即使没有人，但小说的内容一定也与人有着千丝万缕的关系。

科幻小说的选题类型有很多种分法，笔者将它们分为 8 个基础大类。

类型 1　探险：发现新世界

这一类型是科幻小说自带的最基本类型——对未知领域的探索，打开新世界。但是这种探索必须以科学手段进行，念个咒语就飞跃万里可不行。当然，你要能把筋斗云用科学原理解释清楚了，孙悟空一

个筋斗云十万八千里也能当它是科幻小说。

探险类科幻小说体量庞大，我在这里又细分了几个小类。

[地理探险]

◆经典作品　儒勒·凡尔纳"海洋三部曲"

地理探险始于西方的地理大发现。当时随着哥伦布航海开始，白人四处开拓殖民地，无畏的探险精神背后是生存与利益的驱动。现在，地理探险依然在进行中，但相较以前更艰险与困难，因为地球表面的大部分区域已经搜索完毕，剩下的都是普通人难以涉足的地方：深海、深谷、深洞、高山等。

探险的方式不限于交通工具，探险的目的也不限于解谜、救人，有更多形式和方法。

儒勒·凡尔纳的"海洋三部曲"也被称为"凡尔纳三部曲"，指的是《格兰特船长的儿女》《海底两万里》和《神秘岛》三部长篇科幻小说。三部小说人物上有关联。

三部曲的第一部《格兰特船长的儿女》讲了这么一个故事："邓肯"号游轮的船主格里那凡爵士偶然得到一个漂流瓶，瓶里是失踪两年的航海家哈里·格兰特船长的求救信。格里那凡于是亲自带着格兰特船长的一双儿女，率领一个救援团队去寻找格兰特。救援团沿着南纬37°环绕地球一周，穿越了南美洲的高山和草原，横贯了澳大利亚和新西兰，历经无数艰难险阻，终于在太平洋的一个荒岛上找到了格兰特船长。

三部曲的第二部《海底两万里》讲述了法国生物学者阿龙纳斯接受邀请，参加追捕一只海怪的故事。追捕过程中，阿龙纳斯不幸落水，遭遇海怪，发现这个怪物竟然是一艘构造奇妙的潜水船。潜水船的船长尼摩邀请他做海底旅行。他们从太平洋出发，经过珊瑚岛、印度洋、红海、地中海，进入大西洋，看到许多罕见的海生动植物和水中的奇异景象，经历了许多危险。

三部曲的最后一部是《神秘岛》，故事发生在美国南北战争时，五个北方人乘坐热气球逃出了南方军队的营地，但暴风将他们吹到太平洋中的一个荒岛上。五个人艰苦奋斗，自力更生，在尼摩船长的暗中支持下，不但生存下来，还成功登上了格兰特船长的儿子罗伯尔指挥下的邓肯号，重新回到了祖国的怀抱。

凡尔纳热爱海洋，这三部作品描述的海洋探险对后世影响很大。尤其是潜水船"鹦鹉螺号"，屡次被当作科幻小说有预言功能的证据。其实在凡尔纳的时代，科学家和工程师已经研究了很久的潜水船，凡尔纳只是在这些研究的基础上，加入自己的设想，并且用文学的方式表现出来。生动的故事代替了潜水船的枯燥技术说明，给人留下了深刻的印象。乃至美国海军还真有一批潜艇被命名为"鹦鹉螺号"，其中的一艘还是世界上第一艘核潜艇，也是第一艘从水下穿越北极的潜艇。

这三部小说的成功首先在于凡尔纳的知识储备。他写过《地理发现史》，对地理发现有深刻的研究和热情，这使他能在小说中生动地描述各种地貌和地质现象。他崇尚科学，因此使用各种超过时代水平的科技手段来进行探险，这也使得他的探险之路比前人走得更远、更惊险。

更重要的，是他的思想。也就是探险的目的和探险者的精神面貌。这两点是他的探险吸引人的关键。他笔下的探险，契合那个时代人们征服自然、改造世界的精神追求。探险者的坚毅、顽强、勇敢、正直，代表着时代的科学正义。而贯穿小说的民族主义、反殖民主义，又使小说的幻想脚踏实地，具备了真实感。

一部地理类科幻探险小说怎样才能经久不衰,凡尔纳的作品给出了答案。

[新世界游记]

◆经典作品　叶永烈《小灵通漫游未来》

这类小说也属于探险类型,主要是通过主人公的视角反映新世界的科技发展、社会变化等,没有太多故事情节。

《小灵通漫游未来》是我国著名科幻作家叶永烈的代表作品之一,也是20世纪我国销售量最大的科幻小说。它在1978年8月出版时,大众正好非常需要一本讲述"明天会怎样"的通俗读物。这本书受到了市场的热烈欢迎第一版即达到3 150万册。这部作品讲述了小记者小灵通漫游未来市的种种见闻和感受,展示了科学技术的发展远景。

小灵通无意中登上了一艘开往未来市的气垫船,在船上结识了小虎子和小燕兄妹俩。气垫船开上未来市的码头,小虎子的爸爸妈妈开着水滴形状、没有轮子的飘行车来接他们。在小虎子家里,小虎子的曾祖父正和机器人铁蛋下棋。老人曾在67岁、96岁、108岁时生过三次大病,但是依次换上了人造肺、人造肝脏、人造心脏以后,身体非常结实,凭借装在耳朵里的助听器、嵌在眼睛里的老花镜,他耳不聋眼不花。小灵通还看到了许多新奇的事物:涂上了夜光颜料的城市建筑,人造月亮,天气协商办公室,人造粮食厂和农场……未来市解决了现实中的很多问题,人民生活幸福。

毕业于北京大学化学系的叶永烈,从18岁起发表科普文章,21岁便成为大型科普丛书《十万个为什么》的主要作者。因此,《小灵通漫游未来》更偏重于对未来的

图21 《小灵通漫游未来》

科技水平发展的介绍，是科普型科幻的代表。在这部游记中，未来市的每个新科技应用都不是无中生有，而是有着坚实的科技基础。这些应用构成的未来，给现实中的人们以期盼。

[绝境求生]

◆经典作品　安迪·威尔《火星救援》

这类小说是将主人公放在与世隔绝的恶劣环境中，通过描述主人公与环境和自身斗争的过程，表达创作者某一方面的诉求。《鲁滨孙漂流记》就是一部典型的绝境求生小说，也运用了一些当时人们能掌握的科学知识。在科幻小说中，身处绝境，利用科学获得生存，是很常见的故事模式。

安迪·威尔从 15 岁起就被美国国家实验室聘为软件工程师，是执着的太空宅男，沉迷于相对论、轨道力学和载人飞船。2009 年，安迪·威尔将自己的日记体科幻小说《火星救援》陆续贴在了个人网站上，免费开放阅读。但众多读者强烈要求付费，他于是在亚马逊平台上发布了作品，收费 0.99 美金。花钱买他小说的读者比免费阅读的读者更多，读者用付费的方式表达对这部作品的支持。喜欢《火星救援》的读者甚至调侃，书名应改为《如果不幸被困在火星我是怎么依靠种土豆活下来的》。

小说讲述了在一次火星任务中，突如其来的风暴让宇航员们紧急撤离，只有沃特尼遭遇意外，被孤身一人丢在了火星寸草不生的红色荒漠中，剩余的食物补给撑不到救援可能抵达的那一天。沃特尼不甘坐以待毙，凭借着他的植物学家和机械工程师背景，他决心跟火星来一场不是你死就是我活的斗争。他开垦土地种植土豆，积极和地球指挥中心联络，最后终于得救。

图22 《火星救援》电影剧照：宇航员在火星上栽种土豆

图23 《火星救援》电影剧照：宇航员在火星上漫步

类型2　时间旅行：修补旧世界

人类有三个古老的终极梦想：长生不老、青春永驻、瞬间移动。

这些梦想的根本关键，就是掌握时间。只有能够驾驭时间，自由穿梭于过去、现在和未来之间，才能让有限的生命变为无限。而依托于时间变化的空间自然也就在控制之中。

英国老牌电视剧《神秘博士》就讲了一个可以控制时间的时间领主的故事。这部至今还在制作播放的"世界上最长的科幻电视系列剧"，初期的特效简陋得令人发指，但它的剧情以及其中包含的哲理，却战胜了"科幻影视必须强特效制作"的偏见，赢得了一代又一代观众的喜爱。

◆经典作品　威尔斯《时间机器》、阿西莫夫《永恒的终结》

在第一讲中，谈到赫伯特·乔治·威尔斯的代表作之一是《时间机器》。小说并不关注时间旅行者怎样发明了时间机器，而是把重点放在时间机器到达的世界。旅行者乘着机器来到公元802701年，看到人类分化为两个种族——爱洛伊人和莫洛克人。爱洛伊人长得精致美丽，却失去了劳动能力；莫洛克人则面目狰狞，终日劳动，过惯了地下潮湿阴暗的生活。莫洛克人养肥了爱洛伊人，到了晚上便四处捕食他们。

时间旅行者继续向未来飞行，竟看到一片萧瑟景象。巨大的螃蟹般的动物和白色的蝴蝶般的动物主宰了整个世界。未来三千万年后的景象更令人触目惊心。太阳几乎要熄灭，地球停止了转动，到处是一片死寂。在血红的海岸边，只有长着长长触角的巨大物体在蠕动。时间旅行者逃回现在，向朋友们讲述他的"未来之行"的故事。不久之后，他又坐上时间机器回到过去，但这次他再也没有返回。

进化论和阶级对立是《时间机器》的内核，全部内容都围绕它们展开。时间旅行者并没有针对自我进行时间上的修正，而是关注人类的未来。这种大格局决定了这部作品能经受得起时间的考验。

创意写作七堂课

图24 1960年电影《时间机器》中的时间机器

对于时间机器和时间旅行一直存在着两种意见。大部分人认为时间旅行不可能，尤其是向后旅行——回到过去，根本无法实现。也有人认为，向前旅行——前往未来，是可以实现的，即使是向后旅行，如果有一天能突破经典理论物理学，也是可以实现的。英国物理学家霍金认为不存在时间旅行："我们没有任何可靠的证据能证明存在来自未来的访问者。"从哲学角度来讲，时间机器也不可能存在，因为它违反因果律。如果时间机器"逆着时间旅行"，就会对因果律造成破坏，产生逻辑上的混乱。有一个著名的悖论就是：如果你回到过去杀了你的父亲，那么你又怎能出生呢？

威尔斯的时间机器开启了人们对时间的科学遐想。后续出现了大量描写时间旅行的科幻小说。其中最有代表性的一部当属阿西莫夫的《永恒的终结》。

24世纪，人类发明了时间力场。27世纪，人类在掌握时间旅行技术后，成立了一个叫作"永恒时空"的组织，在每个时代的背后，默默地守护着人类社会的发展。"永恒时空"以一个世纪为单位,并视每个世纪的发展需要加以微调,以避免社会全体受到更大伤害。通过纠正过去的错误,将所有灾难扼杀在萌芽中,人类终于获得安宁的未来。然而,这种绝对安全的未来却在某一天迎来了终结。不知不觉中形成的因果链,仿佛从四面八方涌来的黑暗,即将吞噬全人类。

这是故事的背景设置。与威尔斯简单直率的时间旅行不同,《永恒的终结》中的时间被人类精准管理起来。在保证人类整体生活安宁的前提下,时间旅行变成了责任巨大的工作。小说中对时间旅行进行了详细的技术探讨,探讨时间旅行和太空旅行技术的利弊,提出人类应该走向何方的思考。在科幻构思方面,阿西莫夫通过这部小说展示如何构架一个科幻的闭合逻辑环:依据科学发展的规律,哪怕是现有不存在的科学基础,一样可以打造宏大的科技楼阁。

类型 3 末日来临:谁能活下去

任何事物都将有终点,包括人类社会、太阳系,甚至整个宇宙。因此末日题材是科幻小说永恒的主题。末日的原因很多:天灾人祸、小行星撞击、月亮破碎、超级病毒、外星人来袭等。

◆经典作品 刘慈欣《流浪地球》

被整个中国科幻界亲切称为"大刘"的刘慈欣,原本是山西娘子关发电厂的电脑工程师。厚积薄发,1999 年开始发表科幻小说,就以《带上她的眼睛》获得当年度中国科幻银河奖一等奖,而后作品如潮水样滔滔不绝,获奖无数,终于以长篇小说"地球三部曲"(即《三体》)达到创作的巅峰。2019 年,电影《流浪地球》热映,大刘的原著《流

浪地球》也随之大热，引发公众阅读热情。

《流浪地球》是件比较疯狂的事情。只有大刘这样坐在电脑前每天编程序写代码的人能想到——太阳即将毁灭，人类怎么办？这个题材不算新鲜，有很多人考虑过。对，太阳肯定会毁灭，关键是人类该怎么办。

这事儿最可怕的是，太阳毁灭的结果不止是地球会失去能量源泉。膨胀成一颗红巨星的太阳，体积将越来越大，最终外层形成星云，核心坍缩成一颗高密度寒冷的白矮星。在这个过程中，地球将和火星等其他太阳系行星一样，被熔化到渣都不剩。

所以留在地球绝对不行，人类只能往外走。要是我，会设计巨大的城市级航天飞船，每艘飞船都装上一两千万人，否则无法承载几十亿人口的迁徙。所以你看，大刘要把整个地球打包带走的想法，有多疯狂。

然而，中国自古就有愚公移山的顽强精神、精卫填海的不屈意志，把地球搬走这事儿除了我们，其他人就算敢想那也只能是纸上谈兵，干不了的。只有中国人可以制造在地球的一侧安装上巨大的地球发动机，只有中国人能计划长达两千年的旅行，只有中国人能将整个巨大地球环境圈化为移民方舟，逃离太阳系，前往4光年外的新家园。

这个移民过程肯定代价高昂，充满艰辛，不仅仅是技术上的种种困难，还有人性上的残酷考验。小我必须服从大我，个体的自由必须遵守整体的规则。星空之下，人类的生存就是信仰！

有人说，《流浪地球》的写作风格，令人看到苏联的科幻小说，看到凡尔纳，看到威尔斯，是古典科幻小说的风格。其实哪儿有什么古典不古典呢，大刘的风格一贯如此，他是受凡尔纳、威尔斯启蒙，受苏联科幻小说影响的中国科幻小说一代人啊。对于这一代人，宇宙充满魅力，大工业深受崇敬，人类是命运共同体。为了全人类的利益奋斗终身，是个人最大的荣耀。

第二讲
科幻小说的八大类型

图 25-1《流浪地球》
电影剧照：行星发动机
正在工作

这，就是科幻小说的正能量。

在末日题材中，常常出现一个词——废土。废土是已经变成世界末日的地方，这时候人类文明已经溃败，幸存者在资源匮乏的环境中挣扎求生，道德不存，法律无踪，只有人性的善恶在针锋相对。核战、生化灾难、外星人入侵，都有可能带来废土。你游荡在空无人烟的世界中，四处搜寻食物，对抗变种人，试图重建文明。你偶尔会为死者垂泪，可内心深处却庆幸自己是活下来的那个。是的，人人都爱看末日后废土上的故事，就是因为内心暗暗盼望成为幸存者，渴望一切能从头再来，自己就是那个再建世界的超级英雄。

美国近代著名科幻小说家弗里蒂克·布朗曾写过一篇废土小说，到目前为止，这是世界上最短的科幻小说。把它译成现代汉语恰好是25个字，仅仅只有一句话：

地球上最后一个人独自坐在房间里，这时，忽然响起了敲门声……

图 25-2 《流浪地球》电影剧照：地球与木星擦肩而过

虽然仅仅是一句话，但它同样具备了小说的特点。就小说的三要素而言，有人物（一个人）、有情节（一个人独坐，听到敲门声）、有环境（仅有一人的地球上的某房间里）。科幻小说擅长夸张、制造悬念，给读者设置自由而广阔的联想、想象等思维空间。这 25 个字促使读者追究、探求的问题太多了——

地球上怎么会只剩下一个人？其他人都到哪里去了？是去了别的星球还是都死了？如果死了是因为什么而死的？既然地球上仅剩一个人，那么敲门的又是谁呢？是人类，是外星人，还是其他高智能的动物？这最后一个人是否去开门？开门后将看到什么？如果是外星人，他们能够通过语言来沟通彼此的情感吗……最后故事又将会怎样发展？

类型 4　文明碰撞：和平还是战争

与非人类文明或者非主流人类文明接触，会是什么样的情景？这是科幻小说长盛不衰的话题。西方地理大发现时期，白种人对非洲、美洲乃至大洋洲的土著，一概视为野蛮愚昧的低等人类，不是消灭就是奴役，文明在他们眼中有先进与落后之分。正因为如此，当人类走出地球面对宇宙时，西方社会不得不思考，如果外星智慧文明比我们先进，它会怎样对待我们？

在西方社会的普适价值观中，文明是弱肉强食的黑暗丛林，为了更多占据资源，高级文明一定要将可能冒头的低级文明掐死在摇篮中。

东方的价值观却不同，求同存异、共利互赢才是我们与其他文明的相处之道，最终追求的是天下大同。

◆经典作品　阿瑟·克拉克《童年的终结》《与拉玛相会》、海因莱因《星船伞兵》

描写文明相遇的优秀科幻小说很多，我在这里所列举的三部，只是从相遇的形式上挑选的作品。其中有两部都是阿瑟·克拉克的作品，他有一种宏大的叙事能力，对人类未来的关注比其他作家更深远和辽阔。

在第一讲里，关于克拉克，我只写了一个很简单的介绍，就是因为要在这里详细地讲一下他。阿瑟·克拉克毫无疑问是个牛人，牛到什么程度呢？

阿西莫夫曾坦言："在任何时候我都必须坚定地认为阿瑟·克拉克是这个世界上最好的科幻作家（同时我将接受第二的位置），同样，阿瑟·克拉克必须同样坚定不移地认为阿西莫夫是这个世界上最优秀的科普作家（这第二的位置也非他莫属）。"

因为只有对科学了解很深才能写出科幻小说，科幻小说作家很多时候也是科普作家。这倒是提醒了我，如何判断一个真正的科幻作家？那就是看他有否写过科普类文章。优秀的科幻作家无疑都是科普好手。阿瑟·克拉克写过大量关于航空航天的科普文章，还担任过好多年的英国行星际协会主席。

阿瑟·克拉克为什么会被骄傲的同行尊为第一?

首先,他的科学素养特别扎实,扎实到他可以对科学的发展做出前瞻性的指导——不是幻想,而是实实在在的前导性研究。这与他有数学和物理学的学位有一点关联。拥有两门学科学位的人很多,但我们却只有一个克拉克。

1945年,在军队服役时当过雷达技师的克拉克,在《世界无线电》杂志第10期上发表了一篇论文《地球外的中继——卫星能给出全球范围的无线电覆盖吗?》,详细论述了卫星可以通过转发器来传递和放大无线电通信信号,为地面发射站与接收站建立中继通道。这一设想为今后全球卫星通信奠定了理论基础,并在1960年变为现实。人们因此将距离地球4.2万千米处的同步卫星轨道命名为"克拉克轨道"。

他后来写了以"太阳风"为动力的太阳帆船,引起了美国宇航部门的注意;他写了太空电梯,科学家们至今仍在研究制造这种电梯需要的材料;他构想2019年的生活有电子邮件、家用电脑和3D电影,今天这些都实现了。

他在作品中写到了中国太空站:"2010年主人公弗洛伊德再次乘坐飞船离开地球时,看到了中国的最新太空站。"2011年9月我国天宫一号发射,与克拉克的预言只相差了1年时间。

他还写道"飞船借助木星重力场的加速,继续往土星飞去"。而就在小说发表11年后,旅行者号正是利用这项技术,顺利地借助了木星的引力,朝土星的方向进发。

科幻小说并没有科学预测的任务,但科幻小说由于太过于较真技术细节而不小心被未来实现,这种情况确实出现过——就像买彩票中了头奖,是特别稀少的事情。

所以,像克拉克这样,写一本书就言中一个未来的,简直是只有穿越者才做得到的神奇。

他的作品中还设想了2021年人类登陆火星，2023年克隆恐龙，2030年神秘的外星人终于造访地球……

所以我们一定要好好活着，看看这些事情是不是真的会发生。

关于科学，克拉克还提出了"克拉克基本定律"，有三条：

1. 如果一个年高德劭的杰出科学家说，某件事情是可能的，那他可能是正确的；但如果他说，某件事情是不可能的，那他也许是非常错误的；

2. 要发现某件事情是否存在可能的界限，唯一的途径是跨越这个界限，从不可能跑到可能中去；

3. 任何非常先进的技术，初看都与魔法无异。

图26 电影《独立日》剧照

克拉克第二点令同行折服的，是幻想性。要做一个好的科幻作家，仅仅有扎实的科学基础还不够，还得有足够天马行空的卓越幻想。这方面，克拉克的脑洞绝对大，他兼收并蓄了凡尔纳严谨科学的态度和威尔斯立足人类的情怀，将时空尺度从人猿扩展到人与宇宙合而为一的浩渺未来。

第三点是文学性。体现科幻小说文学性的地方，就是它吸引读者的能力。克拉克写过的 100 多部作品，被译成 40 多种语言，作品总销量超过 1 亿册，足见作品的优秀程度。

克拉克去世前的几个小时，一场伽马射线大爆发到达地球。这些来自 75 亿年前、宇宙大爆炸时代出现的射线创造了一个新的纪录，即人类有史以来肉眼可见的来自最远地方的光。该事件被命名为"克拉克事件"。

这是世界对克拉克最好的致敬。

《童年的终结》是阿瑟·克拉克 1953 年发表的小说。小说开始，外星人的太空飞船突然降临人类各大主要城市的场面，先后被多部影视剧所模仿，比如电影《独立日》。在 1988 年《轨迹》杂志读者投票奖中，《童年的终结》位列"永恒经典"排行榜第三位，可见它的影响之深远。

故事以 21 世纪初为故事的背景，外星人来到地球，给人类带来了高度发达的文明。最初的全球恐慌之后，人类欣喜地接受了来自外星文明的厚赠。战争消失了，瘟疫消失了，人类历史上的一切灾难都不复存在。但是，人类的社会、国家、民族等诸般价值观念也被彻底颠覆。几个世纪之后，人类已经和过去截然不同。他们早已不再是过去意义上的"人类"。

是福是祸？外星人的目的何在？人类这一物种是否已经走到

图 27 《童年的终结》剧照

尽头?

人类也许仍将延续。但是,它的童年时代一去不复返了……

小说对于外星生命着墨其实不多。大多数时候,外星生命是在视野之外的,而外星生命在故事中也被描述为某种"执行者"而非最高统治者。在外星人之外,还有更高的统治存在,这一点在小说中虽然多次提及,但是依然非常神秘。

故事最后,外星人告诉地球人:"我们已经决定不再监视人类,我们会遵守诺言,而我们现在监视的也不是你们,而是你们的孩子。"

人类即将走向终结,或者说,人类作为某种智慧形态的幼年时期结束了。

通向群星的道路上,所有生命都在走向共同的归宿。

文明碰撞的第一大类型,就是外星文明怎样影响地球文明的过程。《童年的终结》阐述到了极致。有人将《童年的终结》的故事用一句话概括:来自另一个星球的外星人在数百万年前创造了人类,并且有

图 28 《与拉玛相会》英文版首版封面

一天将会回来拯救我们，使我们免于自我毁灭。

这个概括未免简单粗暴，但可能克拉克当时的确这么想，小说中的宗教意味是浓厚的。

《童年的终结》大获成功后，克拉克的创作就步入稳定状态，陆续创作了《城市与群星》《深海牧场》《海豚岛》《月尘如雨》等科幻小说。

1973 年，《与拉玛相会》出版了，现在中文译本也有译作《与罗摩相会》的。

《与拉玛相会》是阿瑟·克拉克最重要的作品之一，获得了 1974 年的雨果奖、星云奖和约翰·坎贝尔纪念奖，还有轨迹奖、木星奖、英国科幻协会奖。拉玛故事后面还有好几部，组成了"拉玛系列"，和克拉克的另外一个系列"太空漫游"分量相当，成为克拉克晚年创作的核心内容。

《与拉玛相会》的故事情节挺简单：22 世纪，一个 50 千米长的圆柱体形外星飞船飞进太阳系，这可把人类吓坏了，赶紧组织探险队前去调查，却发现飞船中没有任何外星人存在，只有无比宏伟的城市和周而复始的生态循环，令人惊叹。飞船完全不理会探险队，自顾自地朝太阳系外飞去，探险队只好撤退了。

Rama 是人类给那艘外星飞船起的名字，出自印度神话。经过研究者的考证，Rama 指的是印度史诗《罗摩衍那》里的英雄罗摩。

罗摩也罢，拉玛也好，总之这个大飞船在地球人类眼中是近乎天神派来的神迹。地球人胆战心惊地靠近它，进入它，发现那是一个完整的文明世界。这个世界按照自己的节奏有条不紊地运转着，人类的到来丝毫不能干扰它。

从外星人降临指导人类的《童年的终结》到外星人无视人类存在

的《与拉玛相会》，克拉克正好经历了 20 年的时间。他对世界的认知发生了很大的变化，视野突破了人类的束缚，站在了整个宇宙的立场上。于是，他找到了困扰人类多年的那个问题：那些宇宙之中科技水平远远高于我们的文明种群，为什么对我们的存在、我们的呼喊无动于衷？

因为在他们眼里，我们就如蚂蚁，看我们一眼是好奇，不看我们才是惯常。

《与拉玛相会》的这种主题对习惯了对抗思维的西方读者，冲击非常大，因而作品获得了极大声誉。那么在以往的文明相撞题材中，还有哪部作品比较经典呢？

我给大家推荐的是海因莱茵的《星船伞兵》。

罗伯特·海因莱因也是有理工科背景的科幻作家，他在军队中服役的时间比克拉克要长，他还参加过政治活动，因此他是比较激进的。《星船伞兵》1959 年出版，1960 年获得雨果奖，迄今为止发行了超过 150 个版本。1997 年，《星船伞兵》被改编成同名电影，获得奥斯卡提名。小说讲述的是一个富家子弟如何经过严酷的训练成长为英勇的战士，投身于人类与外星虫族的战争之中。作为小说背景的这场人虫大战，正是文明冲撞的典型类型：人与外星异族之间，是你死我活的血战，不存在任何沟通和交流。

海因莱因设计的外星人叫虫族，因为它们的社会构成与地球虫子十分相似，分为女王、脑虫、士兵、工人。他们拥有自己的科技、战舰和殖民地，并且在与人类的战争中让人类防不胜防。女王负责生育，住在地底深处；脑虫的腿基本上都是摆设，膨胀的身体中几乎全是神经系统，他们指挥没有意识的士兵和工人去完成任务。

"虫族"一问世就受到大众的欢迎。海因莱因生动的故事情节和对虫族的细致描写是这部小说成功的两个重要原因。大众心理上需要有

图 29 电影《星船伞兵》中虫族冲锋场景

这种邪恶残暴丑陋的外星怪物与人类对立，以显示人类的正义和勇敢。虫族就此成为科幻文化中的经典元素，经常被其他科幻小说引用，比如《安德的游戏》。后来更是科幻动画、科幻电影、科幻游戏中都有了虫族的身影，比如《星际争霸》游戏中的 zerg，《战锤》游戏中的泰伦虫族等。不管哪部作品中的虫族，都保留着海因莱因初代虫族的特性：超强的繁殖能力、天生的战斗能力、绝对的服从性。

"一个个投射舱从天而降，身穿动力装甲的士兵们借此空降至战场，而虫族则缩进地洞埋伏了起来，准备用自己的尖牙利爪给这些入侵者一次教训，战斗一触即发。"《星船伞兵》中这种星球大战的场面，已经成为经典。

以上讲述的探险、末日、文明碰撞和时间旅行，是科幻小说的四个基础类型，面对现实世界，对应人类自古以来的哲学命题：我从哪儿来，要去哪里，生存的意义是什么。

类型 5　机器人或人造人：造物主情节

我国 2 300 多年前的《列子》一书中，有个名为《偃师传奇》的故事，说的是一个叫偃师的工匠造了一个假人献给周穆王，这个假人能像真人一样唱歌跳舞，周穆王不由得感慨："人之巧乃可与造化者同功乎？"翻译成现代话就是："人的技术竟然可以与创造万物的神灵一样了吗？"

像神灵一样创造万物，是人类的又一个终极理想，长久以来就深埋于心，造万物还不算完，还要万物听从自己的安排，最好有这样一种生物：它很听话，能干活，永不疲倦，却不需要吃饭喝水。这种生物，在古代叫精灵，在近代叫弗兰肯斯坦，在当代叫机器人，在未来叫克隆人或者生化人。

◆经典作品　阿西莫夫《我，机器人》菲利普·迪克《仿生人会梦到电子羊吗？》

未来的某一天，机器人有了自主意识，他们不再受程序约束，能独立思考，会不会瞧不起人类？因为人类是些手无缚鸡之力、必须吃有机食物、每天还要昏睡八个钟头的家伙……机器人会不会攻击人类？

早在 1950 年，阿西莫夫就已经设想到了这些情景。为了避免机器人对人类造成伤害，他提出了"机器人三大定律"，以最大限度保护人类。这三条定律是这样的：

一、机器人不得伤害人类，或袖手旁观坐视人类受到伤害。

二、除非违背第一定律，机器人必须服从人类的命令。

三、在不违背第一定律及第二定律的情况下,机器人必须保护自己。

阿西莫夫以这组定律为前提,写下多篇机器人科幻小说,并结集了一部书,这就是《我,机器人》。在这部书里,巨大的水星采矿机器人 SPD13,因为三大定律的冲突而在原地打转;小巧可爱的太空站主控机器人 QT1,不仅完全取代了人的工作,甚至还开始思考关于造物主的哲学问题;据说可以透视心灵的机器人 RB34,居然懂得用人类的心理,揣摩说出他们想听的话;而想要在一大群 Nester10 号机器人中,找出一个隐藏其中逃脱者,竟成为人与机器人大玩心理游戏的战场……这些事件,"机器人心理学家"苏珊·凯文亲身体验并且记录了下来。随着机器人越来越聪明,功能越来越强大,苏珊·凯文不得不叹道:"一开始机器人还不会说话,但最后他们却挺立于人类与毁灭之间……"

"机器人三大定律"成为科幻界机器人类型小说的一个创作基础,被很多人奉为机器人行为宝典,依据这三大定律进行创作。但"机器人三大定律"本身并不完美,存在着逻辑上的漏洞。阿西莫夫本人也意识到了这一点,因此在《可以避免的冲突》(1950)中,机器人为了避免人类个体彼此伤害,便限制人类的行为,转由机器人掌控一切。这促使阿西莫夫补充了"第零定律":机器人不得伤害人类整体,或袖手旁观坐视人类整体受到伤害。原先的三定律都要服从第零定律。

这条定律并没有完全补上漏洞,因为它也有问题:机器人如何权衡自己的行为会不会伤害人类整体?

于是,保加利亚作家狄勒乌在小说《伊卡洛斯之路》(1974)中提出"第四定律":机器人在任何情况下都必须确认自己是机器人。

所以，科幻小说确实有一些基本的经典的构成元素，就像机器人三定律，但它绝不是不可动摇的必须遵守的法则，它仅仅只是科幻作家关于机器人的个人设定，不管这位科幻作家有多么了不起，也只是个人设定。只不过，这个个人设定后来被很多人借鉴或者抄袭，由此为大众所熟悉而已。

也就是说，如果你写的机器人小说，完全无视机器人三定律，你一点儿错误也没有。我还会为你的这种创新鼓掌。因为对于科幻小说创作，使用他人设定是一种"懒惰"行为，一种思维定式。

而且，随着计算机技术的发展、AI 的崛起，机器人三定律的简单和僵化也暴露无遗。从法律和伦理层面，很难实现。

这一点阿西莫夫也思考过，他在小说《罗比》中写机器人保姆把人类儿童抚养长大后，他们之间产生了类似亲情的感情。阿西莫夫在后期作品《两百岁的人》（1976）中更是打破三定律，讲述机器人安德鲁为了成为真正的人，逐步将自己的机械零件替换成活体器官，终于在两百岁生日的弥留之际，以死亡的代价获得了人类的承认。

图 30 索菲亚，历史上首个获得公民身份的机器人。它拥有橡胶皮肤，能够表现出超过 62 种面部表情。

机器人是靠自身动力和控制能力来实现各种功能的一种机器,既然是机器,就必须为人类所用。然而,随着现代科学技术的发展,机器人的构造越来越复杂,拟人度越来越高,甚至出现了生物肌体的机器人。未来,还会有克隆人,在实验室中合成的基因人……可以统称他们为人造人。当人造人与人的契合度越来越深,当他们与人不再有区别的时候,人类将怎样面对他们?

菲利普·K.迪克就这个问题,在1968年出版了一部小说《仿生人会梦见电子羊吗?》。

菲利普·K.迪克只活了54岁,却有30年在进行创作,《仿生人会梦见电子羊吗?》只是他44部长篇小说以及120多个中短篇小说中的一个。他的《高堡奇人》《少数派报告》《尤比克》《流吧!我的眼泪》等作品公众也比较熟悉。迪克的作品集中探讨"何为真实"以及"个体身份建构"。美国科幻界的主要奖项之一菲利普·K.迪克奖就是用他的名字命名的。

迪克的作品在他生前极难出版,还总是遭到人们的白眼和嘲笑,毕竟他与主流科幻文学之间的差别太大。他写了那么多书,只得过一次雨果奖。没有太多人注意到他。好不容易他的小说《仿生人会梦见电子羊吗?》被改编为电影《银翼杀手》,但还没等到公映,迪克就去世了。

但在他去世后,他的书不停地再版,他被惊呼为我们时代的一位伟大作家和前卫作家,也可能是最让人吃惊和震撼的作家。他的小说频频被翻拍成电影,除了各种电影排行榜都位列前几位的《银翼杀手》,还有《少数派报告》《全面回忆》等也都被搬上了银幕。

在欧美国家的书店里,迪克的书常常被摆在十分显眼的位置。2005年,美国《时代》周刊评选了1923年以来世界最佳百部英文长篇小说，其中就有迪克的科幻小说《尤比克》。

迪克的科幻小说，突破了当时科幻小说的程式，做出了许多不同常规的科幻设定，展现了独特的世界观，尤其是对未来虚拟现实的描述。

《仿生人会梦见电子羊吗？》篇幅不长，讲述一日清晨到次日早晨的短暂时间中，赏金猎人里克·德卡德追捕逃亡仿生人的故事。故事背景放在核战后的世界中。核战虽然没有立即把地球文明完全摧毁，但空气中长久漂浮的放射性尘埃渐渐使地球上的大多数动物灭绝，以致在人类社会里，收养动物不再仅仅是为了养宠物好玩，更是人类同情心的体现，同时也是财富和社会地位的象征：越有钱的人，收养的动物越珍稀。男主角不幸，没几个钱，买不起真羊，只能弄个电子羊装装样子，好糊弄邻居。在小说中，这类电子宠物已经衍生出庞大的周边产业，连维修的厂家也会起个某某宠物医院的名字，派出穿白大褂的技工装成兽医模样，开着带医院标志的救护车去客户家里收治损坏的电子宠物，目的是维护客户的面子，让大家以为他养的是真动物。

小说的故事核心是德卡德与仿生人的接触、较量、合作和对抗，反复探讨的问题，就是自然人和仿生人应该如何相处。我是谁？我从哪里来？要到哪里去？对这个哲学终极命题的探讨，让小说有了冰冷科技之后的人文内涵，也由此牵动无数读者的内心，恒久流传。

电影《银翼杀手》中，仿生人有一段著名的台词：

> 我看到过你们这些人绝对无法置信的情景
>
> 战舰在猎户星座之肩燃起的熊熊火光
>
> C射线在幽暗的宇宙中划过了"唐怀瑟之门"

但所有的这些瞬间,都将消逝于时间,就像泪水湮没在雨中。

人与人造体在未来如何相处,始终是科幻小说作家的一块心病。

类型6 虚拟世界:突破现实

计算机技术的发展,使人类对世界的认知脱离了现实,进入一个可以由0和1组成的电脑虚拟世界中。这个虚拟世界满足了人类创世的梦想,可以在其中随心所欲,不再为生老死病困扰,时间与空间都能转瞬变化。

但是,创造虚拟世界的人变成了神,神才可以为所欲为。其他人类在虚拟世界中仍然要被各种规则约束。

图31 电影《黑客帝国》剧照

"赛博朋克"由此产生了，它是 cyberpunk 的音译，cyber 与 punk 的结合词。Punk，朋克，是西方起源于 20 世纪 70 年代的一种文化潮流：叛逆性、颠覆性、多样性、街头、废旧、金属、摇滚，"用自己的声音说自己的话"。Cyber 指电脑网络。赛博朋克就是专以计算机或信息技术为主题的类型小说，小说的故事围绕黑客、人工智能、虚拟现实等，大都发生在网络上和数码空间中。在赛博朋克小说中，现实和虚拟现实之间的界线经常被模糊，多带有悲观主义和对社会的反思。

菲利普·K.迪克曾说："我所关心的主要问题是何谓真实。我甚至质疑这个宇宙，我想知道它是否是真实的，我想知道我们是否都是真实的！"

赛博朋克作品的基本模式，就是主人公发现他每天生活的世界是假象，然后经过艰苦探索，揭露假象的来源——多半是一个大型程序，或者电脑营造的仿真时空。

◆经典作品　威廉·吉布森《神经漫游者》

威廉·吉布森的蔓生三部曲《神经漫游者》《读数为零》和《蒙娜丽莎加速器》被认为是赛博朋克的开山作品。吉布森在书里创造了"数字空间"（也译作网络空间），同时也引发了赛博朋克文化。

在《神经漫游者》中，主人公凯斯将自己的大脑与电脑网络相联通，成为信息窃贼。他受雇于神秘力量，潜入跨国企业的信息中心窃取机密情报。他参与信息大战的同时还要查出幕后的神秘主使是谁……作为一个计算机牛仔，他能够使自己的神经系统挂上全球计算机网络，为了在数字空间里竞争生存，他使用各种匪夷所思的人工智能与软件为自己服务。凯斯并不想主宰世界，他希望能超越肉体的束缚，逃避废墟

般的现实世界,在数字空间里浪游……

在电脑还是奢侈品的 1984 年,威廉·吉布森就窥视到了电脑带来的信息社会构建,以及由此影响到的社会文化、心理等方方面面,并在《神经漫游者》中精准描述了信息技术将给社会带来的巨大变革。这种变革不仅改造了故事中人物的身体,也改变了他们感受世界的方式,最终指向人机融合,乃至机器的觉醒。

吉布森说,科幻文学的真正价值,是为我们提供一种绝好的工具,可以去放大、解剖难以捉摸的现实困境。他用《神经漫游者》做到了这一点。因此,小说一出版就获得了雨果奖、星云奖以及菲利普·K.迪克奖,成为赛博朋克文化的奠基之作,催生出了电影《黑客帝国》三部曲,动漫《攻壳机动队》等包括音乐、时尚、游戏在内的种种先锋文化。

赛博朋克小说表面上是在营造高科技的背景与低生活的现状之间的矛盾,骨子里却是反乌托邦的,以描写更加黑暗的社会来表露对现实世界的厌恶和愤恨。

类型 7 科技发展:梦想成真

科学技术的发展会让人类的许多奇思妙想变成现实,但会不会也带来问题和危险?这是科幻小说的一个基本思维方式,但以纯技术来推动和演绎故事,并不容易。强调技术和科学理论的科幻小说,常常被称为"硬科幻",这个类型的小说因为需要科学技术的细节而不容易写好,其中,迈克尔·克莱顿做出了成功的尝试。

◆经典作品　迈克尔·克莱顿《侏罗纪公园》

《侏罗纪公园》讲述的是富翁哈蒙德为牟取暴利，招募顶尖科技人员，利用最新生物工程技术复活恐龙，并且在哥斯达黎加的一座小岛上建立起恐龙乐园"侏罗纪公园"。不料公园开张前夕发生了危机，岛上不断有人被食肉恐龙吃掉，于是人与恐龙展开了殊死搏斗。

这部小说的作者是美国作家迈克尔·克莱顿，他被称为"高科技惊险小说之父"，创作过15部畅销小说，全球总销量超过1亿5千多万册，有12部被拍成电影。《侏罗纪公园》是其中最为大家熟悉的一部。小说还未出版，影视公司就花200万美元买下了它的影视版权。果然电影《侏罗纪公园》大卖，拿下了1994年的3项奥斯卡金奖，全球赚了10亿美金。

不过电影和小说差距很大，毕竟电影强调的是视觉效果，而小说更多的是营造高科技感。为了让复活恐龙这件事更真实，迈克尔·克莱顿描写了大量科学细节，数学、动物学、遗传学、古生物学……林林

图32 电影《侏罗纪公园》剧照：一条雷龙正在吃树叶

总总,仿佛写的不是科幻小说,而是侏罗纪公园的一部传记。对科学成就本身的赞叹和对科学伦理的探讨贯穿全书。这也是迈克尔·克莱顿作品的重要特点。

迈克尔·克莱顿早年就读于哈佛大学文学系,后来转入人类学系,再转读哈佛医学院。毕业后搞过生物学研究;后来对电脑感兴趣,创办了自己的软件公司,为电影拍摄设计多种电脑程序,他所执导的《西方世界》是世界上首部应用电脑特技的电影。他还设计了一套叫"亚马逊"的电子游戏。他有高科技理论和实践经验,还经过专业的文学训练,所以写起科幻小说来不仅科技幻想超前合理,而且叙事技巧高超,悬念设置巧妙。

多年以来,克莱顿的科幻小说对科技文化产生了不可忽视的影响。就作品的通俗性和可读性来说,他确实技高一筹。

类型 8 架空历史:构建新宇宙

科幻小说眺望未来,关注人类的终极命运,但也从没有忽视过"我们从哪里来"的历史问题。历史的走向可能有数千种,为什么就走了现在的这种?重新虚构历史,从中探讨"为什么会是这一个"的原因,从而总结出历史发展的客观科学规律,这亦是科幻小说创作的目的之一。而未来呢?未来也有千百种可能,哪种实现的可能性比较大?找到历史车轮前进的趋势,我们就能穿越漫长的时空,窥视未来人类的面貌。

因此,架空历史成为科幻小说的重要类型。这方面的经典作品很多,比如阿西莫夫的《基地》系列,田中芳树的《银河英雄传说》系列。和奇幻架空历史小说相比,科幻小说的架空历史更难,有时甚至需要建构世界的物理法则、行星运行的机制等,需要有打造百科全书的体力和精力。

◆ 经典作品　弗兰克·赫伯特《沙丘》系列

20世纪50年代，美国农业部为了阻止流沙淹没高速公路，在俄勒冈滨海地区的沙丘上，成功栽种出了瘠草。1957年，弗兰克·赫伯特在该地区进行考查，打算为杂志撰写一篇文章。但很快，他就意识到自己有了一个更好的主意。

1957年至1961年，弗兰克·赫伯特花费四年的时间做研究和准备，一个庞大的故事构架逐步成型。1961年至1965年，他开始了艰辛的写作历程，并对科幻小说《沙丘》的初稿做了反复修改。

弗兰克·赫伯特以精细入微的笔法创造了一个与地球截然不同的世界。小说中，行星阿拉吉斯常年干旱，被称为沙丘。它是英勇豪迈、心计深沉的亚崔迪家族的领地，也是阴鸷冷酷、顽强剽悍的弗瑞曼人的故乡，更是庞大无匹、可以吞噬一切的沙虫的巢穴。沙虫蕴育整个人类宇宙梦寐以求的珍宝——香料。于是，以沙丘为舞台，不断上演着英勇和怯懦、高尚和卑鄙、忠诚和背叛的大剧，它的一举一动都牵动着整个人类宇宙。

《沙丘》植入了弗兰克·赫伯特四十多年的人生经历。这部史诗般的科幻小说凝聚了作者的精神、信仰和灵感。读者可以从多种层面读解这部小说，它们都隐藏在沙漠星球救世主的惊险故事之中。沙漠生态学是最明显的一个层面，其他还包括政治、宗教、哲学、历史、人类进化，甚至还有诗歌艺术。弗兰克·赫伯特设计的架空世界非常真实，风俗、语言、文化、历史、宗教，星球的生态系统，以及生活中使用的各种工具等方方面面，事无巨细皆有描述。

《沙丘》整部小说规模宏大、情节曲折、结构复杂，是宇宙级别

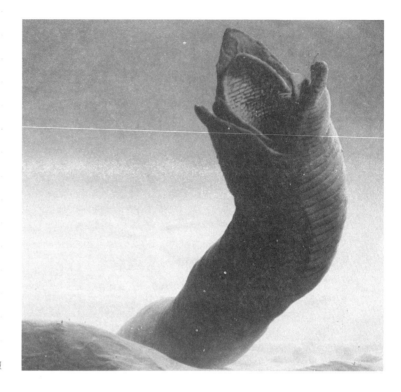

图32 《沙丘》电影剧照

的史诗,它详尽地塑造了一个中东风格的幻想世界。在它之前,科幻小说作家还不知道如何去详细阐述一个虚构的世界。《沙丘》影响巨大,甚至还启发了一个重要的电子游戏类型——即时战略游戏,从《魔兽争霸》《帝国时代》到《皇室争争》《阴阳师》都有这部小说的影子。

《沙丘》被誉为科幻小说史上的里程碑。

机器人、虚拟世界、科学技术和架空历史四个类型,是科学技术发展以后人类认知的延续,也是科幻小说延绵不绝的源泉。随着人类认知的深入,科幻小说的类型还会拓展。

当然,以上8个类型只是对科幻小说题材的一种划分方法,比较容易理解和掌握。除此之外还有其他的划分方法。

以政治派别划分的。典型的就是乌托邦和反乌托邦两种对立的类型。在乌托邦小说中，作者描述未来或似未来架空世界的人类，怎么利用更高的科技或其他层面的应用技术消弭高科技的副作用，达成和谐美好的生活。比方说针对燃油车的污染问题，科幻小说作家曾提出反重力运输设施之类的构想。反乌托邦小说则批判极权主义对自由的剥夺，或资本主义系统下的人的单向度、异化问题。针对某种被作者认为有害的高科技或者太天真的理想主义，进行渲染并反讽。

还有女性主义科幻，以勒吉恩的《黑暗的左手》等为代表。

再比如太空歌剧类科幻。太空歌剧有三个特点：叙事空间会以宇宙飞船为重点，无论是星际航行，或是舰队战斗。情节以探险为主，常常是发现新的生命或物种，和外星人或其他人类文明之间的冲突与结盟。有着程式化的叙事套路，类似电影《星球大战》或《星际迷航》，经常有大量续集，但遵循一致的故事结构。

美国著名文学评论家布哈伊·哈桑曾说："科幻小说可能在哲学上是天真的，在道德上是简单的，在美学上是有些主观的或粗糙的，但是就它最好的方面而言，它似乎触及了人类集体梦想的神经中枢，解放出我们人类这具机器中深藏的某些幻想。"

有所思想，便尽情用文字之笔表达它吧。类型仅是形式，不必受它拘泥，找到内心的表达欲望，才是最重要的。

第三讲

科幻小说的基础：科学

NO.1 要建立自己的科学知识体系

NO.2 了解科学之美

NO.3 了解科学的组织方法

N0.4 科学工作者

NO.5 科学幻想中的科学需要超前意识

前面和大家讲了科幻小说的一些基本概念，包括科幻小说的历史来源、创作目的、本质和类型，零基础的人应该对科幻小说有一定了解了。那么接下来，我们就要进入具体创作的阶段了。准备好纸和笔，或者电脑，也有人喜欢用手机。用科幻的语言来说，就是准备好你的输入设备，以便开始我们的思想和文艺拼接的过程。

等等，这个文艺比较好理解。思想是什么？

是科学的思想和对于科学的想象。

从科幻小说的历史，以及迄今两百多年来的诸多科幻经典作品来看，科幻小说的基础是科学。

这个似乎不需要强调，但确实"基础"两个字，在很多人那里是没有好好理解的。

哈里·波特骑扫帚上天，这是魔法。哈里·波特给扫帚装上发动机，改造成扫帚型单人飞行器，这是科学幻想，但这个科幻还不能完全成为科幻——如果仅仅到这一步，那只能说是有科幻元素而已，通俗地讲，就是披了个科幻的皮，还没有科幻的骨。这种科幻，就是俗称的"伪科幻"。

《星球大战》系列科幻电影就是标准的"伪科幻"。为什么？你把这电影里的各个星球变成地球上的各个国家，故事成立不成立，能不能讲下去？故事仍然可以讲——帝国的压迫促使人民反抗，组成起义军。起义军的首领公主不幸遭到帝国抓捕，她的两个随从逃跑到乡下，危急时刻被善良的年轻人和隐居的武术大师救下。这个情节熟悉不熟悉？套路不套路？这就是1977年《星球大战》电影的剧情开始。外星球的背景设置，只是给这个故事一个神秘绚丽的外壳，故事的内核是中世纪骑士救公主的模式。至于那个贯穿全剧的"原力"，你把它换成"气功"，行不行？一点问题都没有。

真正的科幻作品，把科学基础或者幻想背景一换就散掉了，没法讲了，因为故事的逻辑性是建立在这个科学基础上的。比如之前说的《海底两万里》，把潜水艇改成船，这个旅行就成不了。在《海底两万里》的成书时代，潜水艇就是"硬核"科学幻想，所有的故事情节都是在这个幻想的基础上发展出来的。

如果哈里·波特给扫帚装上发动机后，他用的不是魔法杖而是遥控器，念的不是咒语而是密码，他学习的不是魔法而是现代化科学知识，他的终极敌人是邪恶疯狂科学家而不是伏地魔，这个故事才能摆脱了"伪科幻"的皮，有了"真科幻"的血和肉。

同样，对于《星球大战》的电影，在银河中发生战争可能吗？可能，但战争的形式必须符合宇宙空间跨度极大的特点，而且战争的理由——人类都能在宇宙之间自由穿梭了，还会斤斤计较一个星球的资源和利益？这部电影特效很好看，演员也演得很好，但科学逻辑是一点都没有的，所以大家不必担心有一天银河帝国的风暴兵会从天而降。关于宇宙级别的战争，大家可以看看《三体》，那才是应用宇宙级战争资源的合理幻想。

所以，科幻小说中的科学不是背景或点缀，而是出发点和推动力，是基石。在这一讲里，我就来和大家说说科学这块基石如何垒砌，并且夯实。

NO.1 要建立自己的科学知识体系

科学是什么？

教科书式的标准定义是这样的：**科学是正确反映世界本质与规律的理论，包括正确的概念、命题、原理与理论体系；其对象是客观本质与客观规律，内容是科学本质与科学规律，形式是语言，包括自然语言与数学等人工语言。**根据科学反映对象的领域，科学目前分为自然科学、社会科学、思维科学、横断科学、纵深科学、哲学六个大类。

自然科学和社会科学，大家比较熟悉。思维科学听着就比较陌生了，横断科学、纵深科学是什么？还有哲学怎么也是科学了？

所以非得把科幻小说分成"软科幻"和"硬科幻"的人，你是觉得社会科学就软，自然科学就硬呢，还是压根儿就不知道科学的疆域在哪里？

不过，这事儿也不能怪大家，毕竟一提科学，大家习惯性地就会分成自然科学和社会科学。这习惯是中学文理分科的时候养成的，物理、化学、生物是自然科学，地理、历史是社会科学。怪不得我常听到学生说"我是文科生，不懂科幻"，原来他不知道地理、历史也是科学。岂止这两种，人类学、考古学、传播学、经济学、政治学、心理学、法理学、语言学都是科学的一部分。

说到语言学，美国作家特德·姜的科幻短篇小说《你一生的故事》就是以外星人的语言学为科学核心开展的。外星人七肢桶来到地球人类面前，它们的语言十分独特，人类的语言学家最终破解了这个语言，但发现破解的不仅仅是一种语言，还是一种看待宇宙的方式，是七肢桶人独特的思维方式。

《你一生的故事》大获成功，还被改编为电影《降临》（2016年）。这是因为，许多科幻创作者想不到语言学也是可以来一波科学幻想的。在他们心目中，科幻中的科学，得在堆满了仪器和显示屏的实验室中进行，研究宇宙的毁灭和出生，或者人类的进化与变异。他们缺乏对科学整体上的认知，以及对具体科学内容的深入学习。

图43 电影《降临》剧照：外星人在和人类对话

特德·姜毕业于计算机科学系，职业是技术文档工程师。他为了写《你一生的故事》，花了几年时间研究语言学。他需要建立对语言学的科学认知。

科学认知，就是了解事物运行的规律和内容。了解了，才会去设想未来可能的改变，才会有科学幻想，去解释现在科学还不能阐述原理的事物，总结没有掌握运行规律的现象。

这些年笔者做过很多个科幻征文活动的评委，看了很多科幻作品，发现这些作品的内容有一多半集中在机器人、电脑、网络与人工智能这个大圈子里。是这些作者很懂得相关原理很熟悉相关领域吗？不见得，很多作品是因为机器人的科幻作品数量丰富，可供模仿的桥段多，还有从机器人与人的"相似"度中可以想象出丰富的故事。所以，当要写一个科幻故事的时候，作者可能立刻想到，写一个机器人或电脑的故事就是科幻。

但是目前机器人的发展程度，已经超过了一些作者的想象。机器人以及所涉及的科学技术领域，复杂而庞大，有许多交叉学科，远比当年阿西莫夫所想象的机器人种类更丰富，技术更复杂。

为什么他们的想象力还没展开就已经落后了？而凡尔纳、威尔斯他们写的百多年前的小说至今仍然受人欢迎？凡尔纳、威尔斯小说中的技术肯定是落后了，但他们对科学的认知，即科学在未来的发展规律的想象，却是超前的。

刘慈欣的长篇科幻小说《三体》深受欢迎。类似反映宇宙战争、星级文明的科幻小说很多，为什么《三体》会脱颖而出？《三体》有着坚实的科学基础是重要的原因之一。理论物理学家李淼还专门写了一本科普图书《三体中的物理学》，从讨论《三体》中的科学幻想设定是否科学开始，讲述诸多前沿物理研究成果，顺便也把物理学史串讲了一遍。

科幻电影《星际穿越》也有和《三体》类似的境遇。这部科幻电影的科学顾问、诺贝尔物理学奖获得者基普·索恩写了一本同名科普图书《星际穿越》。在这本书里，作者根据电影的剧情发展，从宇宙的奥秘、黑洞的构造、地球大灾难三个部分讲解片中的科学问题。另一位美国理论物理学家加来道雄则写了《平行宇宙》一书，不仅讲解了宇宙物理学的知识，还从量子物理、弦论的角度分析了时间旅行和平行宇宙的可能性，为《星际穿越》中的科学提供了理论支撑。

刘慈欣本人说过，科幻设定的专业性在真正的专业人士面前无疑是千疮百孔的。不过这更加说明，科幻小说作家需要给自己的想象力一个符合现代认知的科学的基础，再从这个基础上加以延展想象力，否则，读者很难理解，也无法理解。

我们只有建立起了对科学全面的认知，熟悉科学的思想方法、逻辑手段，才能让科学幻想既扎实又有充裕的想象空间。

所以，要想创作科幻小说，首先要培养自己的科学知识体系，即对科学的整体认知。

有个段子，说是高三学生面临高考时，几乎是他这辈子知识的巅峰状态，满腹数学、物理、化学、生物，上知地理，下晓历史，语文、英语更是张嘴即来。等高考一完就都还给老师了。

这仅仅是对知识的记忆，还不能算是对科学有认知，而且这其中还有文理科之分。学文科的对物理、化学、生物一头雾水，学理科的对历史、地理了解匮乏。

要知道自己有没有对科学的认知，拿起笔画一棵科技树就知道了。这棵树起码要分两个枝桠。一枝是自然科学，研究自然现象，要找到自然界的本质和规律，包括数学、物理学、化学、天文学、地理学、生物学等。一枝是社会科学，研究社会现象，揭示社会的本质和规律，经济学、政治学、军事学、社会学、管理学、教育学、语言学、历史学、考古学等都属于这个范畴。然后才是这两枝之间的交错，分出交叉性学科。知识本身就不是独立的，彼此之间互有联系。知识掌握得越多，这些联系就会越宽广与紧密。

比如我自己的科学树，我的职业是写科幻小说，所以我的科学树起码要长三个枝桠：物理学、思维学和语言学。它们并不等同于科学、幻想和文学，但却是一些具体的学科，有学习的立足点。我画出来自己的部分科学体系是这个样子：

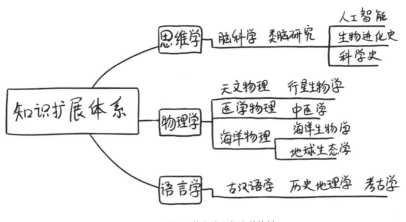

图 33 笔者的一部分科技树

知识点像一根根小针，刺进大脑，最终汇成一种规律，我们可以举一反三，可以重复使用，可以用来解释未知，建设未来。

NO.2 了解科学之美

好吧,现在你拿了一本《科学史》到我面前,告诉我你已经把人类科学的发展、各种学科的历史脉络搞得明明白白,那你的科学储备够写科幻小说了吗?

还不够。科学研究需要的是理性和客观。但科学文艺,就是用文艺的手法(包括小说、诗歌、童话、音乐等)来表现我们对科学的理解,更多需要的是激情和浪漫、我们个人的情绪化,比如热爱,比如厌恶。

不管哪种情绪,都来自对科学直观的感受。因此对科学必须建立一种审美。

要懂得体会科学的美。

在数学和物理之中,在音符的律动中,在化学的神秘变化中……科学存在一种理性的纯粹的美。与文学艺术的美不同,它不涉及主观感受,而是客观存在的自然之美,是构建我们这个世界周密运转的秩序。

科学美是简单的美。

先来看两个公式。

$$C = \pi d$$

这是圆周长的计算公式。C 为圆的周长，d 是圆的直径。圆周率 π 是圆周长与直径的比值，它是一个定值，为无限不循环小数。我们日常生活中，用到小数点后第二位就够了，即 3.14。一般工程计算，用十位小数 3.141592654。科学家发现，圆周率一直到氢原子能级的量子力学计算中仍然适用。有了 π，就能精确计算出圆周长、圆面积、球体积等几何形状。

$$E = mc^2$$

这是物理学中的爱因斯坦质能方程式，揭示物体的能量、速度和质量三者之间的关系。三个符号，E 为能量，m 为质量，c 为光速。公式特别简单。但这个简单的公式却有着巨大的作用，原子弹和核电站，都是根据这个公式建立起来的。

还有这个反映物质波粒二象性的德布罗意方程式：$P=h/\lambda$，讲述动量 p 与波长 λ 之间的关系，h 为普朗克常数。也是非常简单的。

物理学家们期望用最少数目的物理规律来描述自然现象，用最少数目的不可分割基本粒子来构成所有的物质，用最少种类的力来描述物质之间的相互作用。爱因斯坦的毕生愿望，就是建立一个大一统的公式，可以解释万物运行的规律。这也是整个物理学发展的历史目标，追寻各种现象规律之间的统一，追寻用一个简单的方程可以表述万物。如果有这样的方程式，我们在实际应用时，只需根据时空条件适当添加参数就好。

千姿百态的自然界看上去没有共性，然而，随着我们认知的深入，渐渐找到一条一条隐藏的规律，这些规律简洁明了，具有简约美。牛顿在他的名著《自然哲学的数学原理》中写道："自然界不做无用之事。只要少做一点就成了，多做了却是无用；因为自然界喜欢简单化，而不爱用什么多余的原因来夸耀自己。"

爱因斯坦则这样说科学的简约："我们在寻求一个能把观察到的事实联结在一起的思想体系，它将具有最大可能的简单性。"简单的东西，当然不一定就是物理上真实的东西。但是物理上真实的东西一定是逻辑上简单的东西，也就是说，它在基础上具有统一性。

科学美是对称的美。

春节的时候我们会贴窗花。红纸剪出的窗花一般都是对称的，很有美感。大自然中的对称处处可见，不用远处找，看看自己的左手和右手，还有左脚和右脚，都基本上是对称的。对称是一种均衡、稳重的美，相同是对称，完全相反也是对称，世界在统一的同时又有多样性，既丰富又和谐。

在物理学中，对称的现象有了提升为规律的解释。举个简单的中学课本中的例子。反射定律是一条重要的光学定律，大家也很熟悉：反射光线、入射光线与法线在同一平面内；反射光线、入射光线分居法线两侧；反射角等于入射角。入射角增减，反射角如影子般也随着增减，两条光线（反射光线、入射光线）互为镜像。由此有了平面镜成像，对称带来了虚幻的真实感。

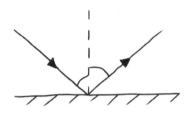

串联电路和并联电路是初中物理的知识。串并联电路的电压和电流之间的关系如下面的公式。公式①和②是串联电路的特点：电流处处相等，总电压等于各个电器电压的和。公式③和④是并联电路的特点：电压处处相等，总电流等于各个电器电流的和。

$$U=U_1+U_2 \quad \cdots\cdots\cdots ①$$

$$I=I_1=I_2 \quad \cdots\cdots\cdots ②$$

$$U=U_1=U_2 \quad \cdots\cdots\cdots ③$$

$$I=I_1+I_2 \quad \cdots\cdots\cdots ④$$

这两个不同电路之间，隐藏着对称的关系。这不是人为的设计，纯粹是电荷运动的天然规律。

还是在光学知识中，凸透镜成像规律是这样表述的：一倍焦距分虚实，两倍焦距分大小，物近像远变大。你看，物近像就远，物远像就近，像和物的关系十分对称。

这种对称的关系，随处可见。一个高处的物体往低处掉落，掉落过程中它的动能与势能之间相互转化：动能大，则势能小；动能小，则势能大。此长彼消，总的机械能量不变。

科学美是重复的美。

在美学中，有一个词叫黄金分割，指的是最能激发美感的比例数值，这个比值约为 0.618，是将整体一分为二，较大部分与整体部分的比值等于较小部分与较大部分的比值。符合这个比值，我们就会产生美感，身心舒适。

有个意大利数学家斐波那契，他在 1202 年出版了一本著作《算盘全书》，讲会计学的。但这本书被广为流传的原因，却是书里提出的一个数列。从兔子的繁殖问题中，斐波那契发现这么一个数列：{1, 1, 2, 3, 5, 8, 13, 21……}，它的首项为 1，第 2 项也为 1，从第 3 项开始，每一项都等于它前两项之和。用数学符号表示是这样的：

$F(1)=1, F(2)=1, F(n)=F(n-1)+F(n-2)$ $(n \geqslant 2, n \in N^*)$；

如：8=3+5（第 6 项 = 第 4 项 + 第 5 项）。

这个数列被称为斐波那契数列，随着数列项数的增加，前一项与后一项之比会越来越逼近黄金分割的数值 0.6180339887，因此这个数列又有个名字叫黄金分割数列。

我为什么在这里提斐波那契数列呢？以斐波那契数为边的正方形拼成的长方形中画一个 90° 的扇形，连起来成为一条弧线，就是斐波那契螺旋线，又有个名字叫黄金螺旋，图形如图 34，鹦鹉螺螺壳的剖面图完美体现了黄金螺旋。

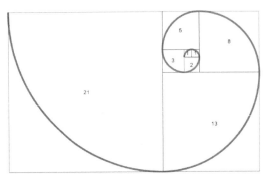

图34 黄金螺旋和鹦鹉螺

大自然中到处都有黄金螺旋的痕迹。这样奇妙的科学之美，一遍遍重复着，不由得使人在感受大自然之妙的同时，思考其中的究竟。

古人没有数学公式遵循，但他们本能地感受到了黄金螺旋的美，并将它运用到生活和艺术中：

名画达·芬奇的《蒙娜丽莎》。现在知道它为什么美了吧？标准的黄金螺旋构图。

德国数学家阿道夫·蔡辛认为："宇宙之万物，不论花草树木，还是飞禽走兽，凡是符合黄金律的总是最美的形体。"

你感受到了黄金螺旋带来的韵律感和平衡感吗？

科学之美还有分形和复杂的美，局部和整体的美等。科学的美感是需要学习、培养和训练才能领悟的。对科学美，研究弦理论和量子场论的物理学家爱德华·威滕这样说："我们大多数人都很熟悉音乐的美，室外景色的美。如果你不是一个数学、物理或者相关领域的工作者，你可能不太容易去理解所谓方程美的概念，但是这些方程所描述的现代物理，如爱因斯坦的广义相对论和量子力学方程，具有一种强烈的内在美与和谐，让研究他们的人赏识品味，也让他们产生一种对物理的激情。"

第三讲
讲科幻小说的基础：科学

图 35 《蒙娜丽莎》和黄金曲线

NO.3 了解科学的组织方法

在早期的科幻小说中,科学家往往单枪匹马就能搞定一项重要的科学发明,比如第一讲中小说《陶威尔教授的头颅》中陶威尔教授,一个人就发明了头颅移植术。现在,随着科学技术的发展,知识体系越来越庞大,专业分工也越来越细致。一个人能做的事情非常有限,发明创造往往需要一个团队的协作配合。科学家只是领跑者,背后需要有庞大复杂的支持系统。

这就要求一个科幻作者必须了解科学工作的组织方式和协作结构,否则,笔下的科学工作就会显得很落伍。

你可能会说,那未来有了智能电脑的协助,可能就不需要团队,一个人也能搞出划时代的发明创造。那么智能电脑是如何制造的呢?还有,纵观历史,并没有突然产生的科学技术发明,都是经过长期积累,并且在时代整体的科研水平达到之后,才有那么一点质的突破。这正如著名的钱塘江大潮,冲到前面去的浪潮最汹涌澎湃,是因为它后面有百千米潮水的推动。

对科学研究的组织方法、科学技术工程的系统结构有了解后,哪怕你写一个科技人的奋战，也会因为整个背景科学性的真实，而将他的工作描述得有声有色。

我举两个例子。

我国近年来建造的超级工程很多。北京大兴国际机场就是其中的一个。这个机场 2019 年 9 月 25 日正式投入运营。截止到 2019 年 11 月，机场拥有航站楼综合体建筑共计 140 万平方米，可停靠飞机的指廊展开长度超过 4000 米，有"三纵一横"的四条跑道，拥有机位共 268 个。

这些数据看上去单调而枯燥。然而，却是仅用 54 个月就建造完成投入使用的大兴机场的骄傲。这座机场既有当下的时尚感，又有未来的科技感，像极了科幻电影中的场景。它拥有多项科技专利技术。仅仅是大兴机场航站楼就拥有多个世界之最：世界施工技术难度最高的航站楼、世界最大的采用隔震支座的机场航站楼、世界最大的无结构缝一体化航站楼，还拥有国内最大的地源热泵系统工程。

航站楼的钢结构非常复杂，8 根 C 型柱要支撑面积达 18 万平方米的复杂曲面空间网格钢屋盖，最大跨度达到了 180 米，起伏高差近 30 米，需要 7 万多根各自相异的结构杆件。

钢结构部分的承建单位在工程实施中应用了多项创新施工技术，包括分区安装、分区卸载、变形协调、总体合龙技术，分块累积提升施工技术，激光扫描逆成像数字化预拼装技术，高强钢机器人自动焊接技术，焊接应力及变形控制技术等。据统计，大兴机场已经创造了 40 余项国际、国内第一，技术专利 103 项，新工法 65 项，国产化率达 98%。

这样宏伟精巧的航站楼是如何建造的？

主施工单位接到工程后就成立了科技中心、测量工作室等，整个团队加起来有 120 多人。还使用了测量机器人、焊接机器人，确保所有重点焊接部位的精准焊接，实现了整体钢结构的高质量。

机场有上千家施工单位，施工高峰期间有5万余人同时作业，不同工种之间配合默契，井然有序，保证了工期的按时完成。

由此可见，现代化工程是一个体系，个人只能是这个体系中的一员。

再举一个例子。武汉火神山医院。它是一座传染病医院。

一般来说，在全球范围内，要建成500张以上床位的传染病医院，至少需要两年时间。

但建筑面积34 000平方米，可容纳1000张床位的火神山医院，仅用了10天就建设完成，并在完工两天后开始收治病人。

工期短，因为这座医院是为收治武汉新冠肺炎传染病重症患者修建的，必须尽快修好投入使用。

既然是传染病医院，就必须依据《传染病医院建设标准》建设，涉及基础工程、土建及装饰工程、给排水及消防系统、供配电系统（不含外部线路）、照明与监控、通风空调系统、通信弱电、医用气体工程、净化工程、室外及市政配套、污水处理设施等十几个专业。

医院需要具备新风系统、负压系统来维持良好的空气循环，并具备可靠的气密性（避免交叉感染），需要X光室、CT室、检验室（血清）、手术室、ICU病房；还要有接诊室、氧气站、停尸房、焚烧炉、化粪池、医护通道、消毒系统、呼叫系统、吸引系统、氧气管线系统、污水处理系统、生活供应中心、水电气网等基础设施；需要有视频会议系统，支持院内院外会诊；需要单双人病房，减少交叉感染，每个病房还需要配备氧气、呼吸机等生命支持系统，同时还需要空调、电视、卫生间和洗浴设备，以及医护人员的宿舍、食堂，具备基本的休息条件。

工期紧，但该有的工序一步都不能少，一点都不能马虎。"慢工出细活"在这时候用不上了,多道工序并行,抢时间,抢效率是首位。

传染病医院的建设还需要做防渗工作,避免污水流到地下,进而污染地下水。这就要多一道工序:在平整过的地面上,铺设厚度为20厘米的砂子,并与管道预埋穿插施工,随后在上面铺设两层土工布(600克/平方米丙纶长丝土工布)和一层HDPE防渗膜(2.0毫米双糙面防渗膜),然后再铺设20厘米砂子。防渗膜采用热熔焊接方式连接,使高密度聚乙烯融合在一起,实现防渗。这说是一道工序,其实还包含了11道小工序。在做好防渗的基础上,才能进一步把废水和雨水进行收集,经过三次净化后排走。

其他工作也是这样,烦琐而精细。

以开工第6天为例,这一天场地平整、砂石回填、HDPE膜铺设已经全部完成,集装箱板房进场、改装、现场吊装等施工加班加点进行中。同步进行着建筑区的弱电工程建设,比如电线、电话线、千兆网线、网络机房、跳线架,以及相关设备的安装。给排水工作同步进行,因为病房同样需要提供上下水。

与大兴机场不同,火神山医院不存在技术难关,不需要科研攻关独创技术;相反,为了和时间赛跑,保证不出任何差错,设计和建造过程中对技术的应用相对保守,比如3D打印、机器人等技术都没有进入工地。

这个工程难的是资源调度和管理。5小时出设计方案,24小时出施工图纸,上百家各类分包单位,几百家不同地区、不同行业的厂家参与,多个工作面同时进行。在7万平方米施工现场中,有近千名管理人员、4000多名工人和几百台机械设备,为了抢工期24小时轮班作业。这需要调配大量的人员和物资,需要部门之间的默契配合。而且还是在春节假期传染病正肆虐全城的时候开工建设,处于人员密集、风险高的大

环境下,要做到零失误、零感染、按期完成,没有一个科学的调度和管理方法,是不可能成功的。

如果说大兴机场的造型和内装有未来范儿科幻感,那么火神山医院的建造速度则令人有相当科幻的感觉,仿佛上帝七日造人也不过如此。

这就是现代化科学组织的力量,未来这个力量只会更强大。

# 科学工作者

既然说到了科学组织,我就不能不提一下科学工作者。

很多科幻小说作者可能会说,我本身就是科学工作者,这个就不需要再了解了。其实按照我前面所说的科学的定义分类,我们大部分人都是科学技术工作者,而且肯定都非常熟悉自己的工作。

那为什么很多科幻小说中的科学工作者,不是穿着白大褂满嘴僵硬的学术名词学究,就是个戴度数上千厚如玻璃杯底眼镜、忙得如迷路蚂蚁的人?这些科学工作者不吃饭、不睡觉,没业余爱好,不考虑住房,整天只想着发现宇宙运转的终极方式。

文学家,历史学家,同时也是考古学家的大学者郭沫若,是中国科学院首任院长,中国科学技术大学首任校长,他这样评论科学工作者:"既异想天开,又实事求是,这是科学工作者特有的风格,让我们在无穷的宇宙长河中去探索无穷的真理吧!"

科学工作者的工作目的是探索真理,听起来有点空洞,但科学工作者的工作却是具体的。科学工作者作为人是具体的,科幻小说中的科学工作者,需要的就是这个"具体"。

优秀的科学工作者不仅知识面宽广,专业知识扎实精通,科研能力强,更要有正确的科研动机、实事求是的态度和严谨的治学学风。

贺建奎,南方科技大学副教授,主要研究实验室用物理,用统计学和信息学的交叉技术来研究复杂的生物系统。研究集中于免疫组库测序、个体化医疗、生物信息学和系统生物学。贺建奎拥有多学科交叉的背景,并在基因测序仪研究、CRISPR 基因编辑、生物信息学等多个领域取得了研究突破。他的实验室将高通量测序应用到免疫细胞受体库的多样性研究。看到这些文字,相信没有谁会怀疑贺建奎的专业知识,都会认同他是生物基因研究方面的一流专家。

2018 年 11 月底,贺建奎在第二届国际人类基因组编辑峰会召开前一天宣布,一对名为露露和娜娜的基因编辑婴儿已经在中国健康诞生。这对双胞胎的一个基因经过修改,使她们出生便能天然抵抗艾滋病。这是世界首例免疫艾滋病的基因编辑婴儿,也意味着中国在基因编辑技术用于疾病预防领域实现了历史性突破。

然而,这一消息并未使公众有"自豪感"或对未来基因治病产生更多期望,反而引起整个社会的波动,对基因编辑技术是否能如此应用展开了广泛的讨论。学术界更是有人指出,贺建奎所采用的技术,在全世界任何一个顶级生物实验室都可以实现,但其他科学家没有去做,不是没有能力,而是敬畏生命,尊重伦理,在整个社会还没有想好如何对待基因编辑婴儿,没有准备好法律法规之前,不作为。

而贺建奎是怎样的态度呢?他在伦理申请书上这样写道:"作为第一个基因编辑婴儿的科学家,我可以占领技术制高点,获得超越诺奖级的成就。"

贺建奎接受美联社采访时则表示:"制造第一个基因编辑婴儿是

我的事，至于是否得到认可，是社会的问题。"

被问到这两个婴儿将来会出现什么状况，感受什么样的痛苦，得什么样的疾病时，贺建奎则回答："我会持续观察，不会给她们任何干预，让她们自然生长……"

在贺建奎眼里，活人只是他的小白鼠，是他的试验材料，他要的是人类历史上第一例编辑基因胎儿带来的名誉和利益。

我国明令禁止以生殖为目的的人类胚胎基因编辑活动，但贺建奎为达到实验成功的目的，私自组织包括境外人员参加的项目团队，蓄意逃避监管，伪造伦理审查书，使用安全性、有效性不确切的技术，违规在人类胚胎上进行基因编辑并植入母体。

伦理道德和科研诚信，在贺建奎眼里是不存在的。

贺建奎的行为究竟对不对？全社会从科学界到普通民众近乎一边倒的谴责说明了公众的态度。2019年12月30日，"基因编辑婴儿"案在深圳市南山区人民法院一审公开宣判。贺建奎因非法实施以生殖为目的的人类胚胎基因编辑和生殖医疗活动，构成非法行医罪，被依法追究刑事责任。

科学研究的目的是为了推动科学和社会的前进，为了使全体人类获益，是一种高尚的行为，反之就可能会对社会带来危害。如果认不清这点，就不能建立正确的科学观。

对贺建奎，有些人还为他辩护，认为他的行为并没有对公众带来影响，毕竟只编辑了两个婴儿的基因，既然人类基因编辑在未来迟早会实现，为什么不能让中国人第一个来？这是一种很危险的论点。未来，基因编辑必须在法律和伦理的框架之中展开，在这个框架还没有成形之前，基因编辑就如同"潘多拉的盒子"，绝不能打开。

我认识一些科学工作者。他们有的是实验物理学家，工作状态就

是长年累月待在实验室中记录数据，工作非常枯燥，他们从未抱怨过，因为这就是科研工作该有的状态，要耐心、耐心再耐心。

还有的科学工作者需要野外作业，爬山涉水，他们没有惧怕过，因为科研工作需要，那就去做好了。

大部分科学工作者并没有取得耀眼的科技成果，但他们的每一项工作都为人类文明的进步阶梯添加了材料。他们的工作深具价值。

对科学工作者和科学工作的认识，不仅能帮助我们建立正确的科学观，还帮助我们深刻理解科学研究过程中要追求的"真、善、美"。

考古学家童恩正先生创作的科幻小说《珊瑚岛上的死光》中，科学家陈天虹为了不让先进发明为坏人所用，险些命丧大洋。这是科学善的表现。

天文学家卡尔·萨根的长篇科幻小说《接触》中，一群探索地外文明的科学家偶然收到了来自星空深处的一组奇特信号，破译之后，发现是一张图纸。按照这张图纸，人们制造出了一个巨大的机械装置。经过千挑万选，来自美国、苏联、中国等5个国家的5名宇航员走进了这个神秘的交通工具，开始了人类与外星文明的首次接触。这个故事中的科学工作者追寻的是科学的真。

科幻作家何夕的科幻小说《田园》中，科学家改行做了农民，培育出了一种叫作"木禾"（119号）的能长稻谷的树。这种植物不仅仅可以解决人类的饥饿问题，更将带来一系列连锁反应，最终改变人类社会本身。因为有了木禾后，人们就用不着为了增加耕地而砍伐森林了，因为每种下一株粮食也就是种下了一棵树；人们不用重复翻土播种和收割的繁重劳动了，只需播种一次，就能够轻松地收获几十年甚至上百年。而且由于树木的根系远比草本植物发达，人们几乎用不着浇水和施肥。水土流失也将不复存在。只要阳光照得到，只要大地能够容纳，它就可以自由生长，把氧气、淀粉、蛋白质这些自然的馈赠源源不断地提供给人们。到时候，人类将与整个自然融为一体，再也不会分开。这棵神奇的大树很美，象征着科学家利益众生的态度。

这些年的科幻小说中，有没有特别鲜明生动的科学工作者形象？以前的科幻小说中是有的。一个真正的科学工作者，他必将追求和维护科学真理。科学之所以为科学，科学家之所以为科学家，就是因为追求真理，追寻那些客观的不受人的主观态度评价影响的自然规律。

科学家追求真理的事例，最著名的是意大利天文学家布鲁诺。他勇敢地捍卫和发展了哥白尼的太阳中心说，并把它传遍欧洲，被世人誉为是反教会、反经院哲学的无畏战士，是捍卫真理的殉葬者。由于批判经院哲学和神学，反对地心说，宣传日心说和宇宙观、宗教哲学，他被宗教裁判所判为"异端"，并且烧死在罗马鲜花广场。为了捍卫真理，布鲁诺不惜被火烧死。

还有一个故事。法国大革命时期，政治家罗伯斯庇尔为了杀掉一个政敌，就捏造这个政敌在发给士兵的酒里放了毒，并要求当时著名的化学家拜特洛作出酒中有毒的化学试验报告。拜特洛化验之后，以科学家的良心如实报告酒中无毒。罗伯斯庇尔要求拜特洛修改报告，拜特洛却当场亲自饮下此酒，以确证酒中无毒。拜特洛不惧权贵，但求维护真理。

一个真正的科学工作者，他支持创新，尊重同行的劳动，不会抄袭剽窃他人成果，不会抢功，还会乐于将研究成果与公众分享，积极开展学术交流和学术上的争论。

他关心科学对社会的影响，对滥用科学成果危害社会的现象会勇于揭露批判。

科学没有国界，但科学家却有国界。科学没有善恶之分，但科学

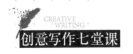

的应用却会危害或者造福社会。

关于科幻小说中应该怎样描写科学工作者,我摘选几段科幻小说作家七月的《群星》后记,希望能够给大家一点启发。

小说里许多科学家都以我的朋友作为原型人物:比如汪海成的原型人物是中山大学物理与天文学院的汪洋老师。不过买房的经历并不是他本人的,而是我另外同学的故事。不知道你是否还记得小说里出现过一位陈铧博士,他因为考虑到清华附近的房价问题而放弃了清华大学的面试。

……

当身边有这样一堆年轻的科学工作者成天跟我聊天闲扯的时候,我发现自己过去写的小说里的科学家、自己看的国内其他作者写的科幻小说里的科学家,跟这些活生生的样本全然不同。

小说里提到一个名词:真空球形鸡。这是我特别喜欢的一个冷笑话。如果你没听过,我很乐意讲一遍,故事是这样的:

农场的鸡生了病。农场主着急地请来生物学家、化学家和物理学家看看有什么办法。首先是最对口的生物学家,他对鸡做了一番检查,摇了摇头说:"抱歉,完全不知道该怎么办。"

然后化学家来想办法,他做了一番试验和测量,最后也没查出什么所以然。

物理学家只是站在那儿,对着鸡看了一会儿,甚至都没去动一下那只鸡,就拿出笔记本开始写了起来,最后经过一番复杂的计算,物理学家说:"事情解决了!只有一个小小的微不足道的问题。"

农场主惊喜地问:"什么小问题?"

"解决方案只适用于真空中的球形鸡。"

真空球形鸡,这大概就是科幻小说里出现最多的科学家形象了。除了与科学相关的,他们不需要做任何事情,没有任何烦恼,也没有任何科学以外的欲望和需求。不光是小说,还有从小读的各种科学家传记,都反复强化着这样的形象。

……

受到这些科学工作者朋友讲来的乱七八糟的故事刺激,我开始写这么一部小说,一个科学家发现了人类历史上最惊人的秘密却偏偏把自己的生活搞得一塌糊涂的故事,一篇真空球形鸡回到地面的故事。

NO.5 科学幻想中的科学需要超前意识

科幻小说要建立在对科学的幻想之上,所以,如果科幻小说中出现的科学技术是已经实现的,这个小说就失去了科幻色彩,而成了科学故事,那只是在用文艺的手段讲解科学而已。对科学有超前幻想,需要对科学基础的了解,更需要对科学发展的紧跟,跟得紧了,才会由量变到质变,才会忽然一天,迸发出匪夷所思的想法。这个想法,就是科幻小说的"梗",是小说最珍贵的部分。撞"梗"很糟糕,更糟的是过时的"梗"。

举个例子。某个科幻作文比赛中,组织方先给出了一段关于手机的素材,如下。

移动电话,又称为无线电话,俗称为手机,后来又发展出智能手机。手机原本只是一种通信工具,但今天已经发展成为一种多功能的移动终端,甚至成为人类的一种生活方式,成为人类社会中不可或缺的科技工具,并且深深地影响甚至改变着

我们生活的方方面面。下面是关于手机的一些资料:

1831年,英国的法拉第发现了电磁感应现象,麦克斯韦进一步用数学公式阐述了法拉第等人的研究成果,并把电磁感应理论推广到了空间。

1844年5月24日,莫尔斯的电报机从华盛顿向巴尔的摩发出人类历史的第一份电报"上帝创造了何等奇迹"!

1875年6月2日,贝尔成功完成了人类通过电话传送的第一句话。

1887—1888年赫兹在实验中证实了电磁波的存在。电磁波的发现,成为"有线电通信"向"无线电通信"的转折点,也成为整个移动通信的技术发源点。

1902年,一位名叫内森·斯塔布菲尔德的美国人在肯塔基州默里的乡下住宅内制成了第一个无线电话装置,这部可无线移动通信的电话就是人类对"手机"技术最早的探索研究。

1938年,美国贝尔实验室为美国军方制成了世界上第一部战地移动电话机。

1946年,从圣路易斯的一辆行进的汽车里,打出了世界上第一个用移动电话拨打的电话。

1957年,苏联杰出的工程师列昂尼德·库普里扬诺维奇发明了ΛK-1型移动电话。

1958年,苏联开始研制世界上第一套全自动移动电话通信系统"阿尔泰"。

1973年4月3日,美国的摩托罗拉公司工程技术员马丁·库帕发明了世界上第一部推向民用的手机,马丁·库帕被称为现代"手机之父"。这一天也被后人认定为手机的生日。

1975年,美国联邦通信委员会确定了陆地移动电话通信和大容量蜂窝移动电话的频谱,为移动电话投入商用做好了准备。

1979年,日本开放了世界上第一个蜂窝移动电话网。

1983年6月13日,摩托罗拉推出了世界上第一台便携式手机DynaTAC8000X,这款手机重794克,长33厘米,标价为3995美元,最长通话时间是60分钟,可以存储30个电话号码。此后,手机得到迅速发展。1991年,手机重量为250克左右。1996年秋出现了体积为100立方厘米,重量为100克的手机。到1999年手机重量就轻到了60克以下。

1993年,IBM公司推出的Simon成为世界上第一款智能手机,它也是世界上第一款使用触摸屏的智能手机,它为以后的智能手机处理器奠定了基础,有着里程碑的意义。

2007年,第一代iPhone发布,自此,苹果公司的智能手机发展开启了智能手机新的时代,iPhone成为引领业界的标杆产品。

2017年年底,据美国媒体机构Zenith发布的研究报告称:"到2018年,中国智能手机用户数量将位居全球第一,达到13亿部,几乎人手一部智能手机。"

2018年6月,国际电信标准组织3GPP5G独立组网(Standalone,SA)标准已经冻结,全球5G标准的发展进入新阶段。5GNR无线协议的冻结是无线产业在探索5G愿景实现路上的重要里程碑。

5G,也就是第五代移动通信技术,具有传输速率高、网络容量大、延时短等特性。5G将以用户为中心构建全方位的信息生态系统，使用 5G 将有光纤般的接入速率，千亿设备的连接能力，网络能效提升超过百倍，最终实现"信息随心至，万物触手及"。

5G 时代，手机的传输速度将达 1Gbps，只需 1 秒钟，就可下载 30 部电影，将是现在 4G 手机速度的 1000 倍，更多设施会被移动网络连接起来，比如智能家居、路灯、水表、垃圾桶，实现真正的"万物互联"。

手机分为智能手机和非智能手机。智能手机是指像个人电脑一样，具有独立的操作系统，大多数是大屏机，而且是触摸电容屏，也有部分是电阻屏，功能强大实用性高，可以由用户自行安装包括游戏等第三方服务商提供的程序，通过此类程序来不断对手机的功能进行扩充，并可以通过移动通信网络来实现无线网络接入的这样一类手机的总称。说通俗一点就是，掌上电脑＋手机＝智能手机。

从广义上说，智能手机除了具备手机的通话功能，还具备了掌上电脑的大部分功能，特别是个人信息管理以及基于无线数据通信的浏览器和电子邮件功能。智能手机为用户提供了足够的屏幕尺寸和带宽，既方便随身携带，又为软件运行和内容服务提供了广阔的舞台。

很多增值业务可以就此展开，如：股票、新闻、天气、交通、商品、应用程序下载、音乐图片下载等。

组织方要求参赛选手根据这段素材展开合理的想象，从一个具体的点讲述未来 100 年后手机的功能与形态，即未来 100 年后智能手机会演变成什么样子，以及 100 年后因为手机的影响，人类自身或人类

社会会出现怎样的情况。

我看到选手的很多作品中想象各种手机的样子，因为手机人类的习性受到如何的影响，儿童被手机控制失去了身心健康……

但没有一个人幻想手机会消失，会被其他更方便快捷的通信手段代替。其实遵循科技越来越简便的原则，沿着手机这一通信工具从笨重的座机变为轻盈的移动电话的发展历史，是可以轻易得到手机最终会演变为另一种形态的结论。

这个结论不需要100年来验证，大概10到15年，就可以看到了。手机开始全面普及大概是从2000年开始的，我就是在那年用上的手机。2007年智能手机推出，随后迅速发展。研究机构Counterpoint的2019年全球全年智能手机出货量报告显示，整个2019年智能手机总

图36 手机从大哥大发展到平板智能手机，用了不到30年

出货量达到了 14.86 亿台。正如上面的素材所说，发展到今天，智能手机已经不是简单的通信工具，而是集成了电脑、电话、理财、支付等许多功能的移动处理终端，它必将功能更强大，也必将最终脱离手机的形态。

目前关于未来手机的构想，还是集中在手机本身上。

摆脱定式思维并不容易，它要求我们对科学的发展趋势有所了解，还要敢于想象，对既定模式说不。本来，科学就没有定式，它会随着我们对客观世界的认识不断提高。

刘慈欣曾在多个场合提道：科幻是关于可能性的文学题材，而现代科学理论所展现的无限可能性，已经超越了最优秀科幻作家的想象。

所以，要想在科幻小说中展现奇思妙想，还得多学习科学才行。只有充分了解科学精神、科学思想、科学方法、科学道德，在对科学有近乎崇拜与狂热喜爱之后，领略到科学之美，才会获得科学中的幻想之力。

科幻小说需要现实的科学做基础，但是这种基础发展出来的是对科学规律的认知，对科学逻辑的认同，以及对科学精神的深刻理解，也就是作者的科学观、科学思想。

体现科幻小说科学性的，正是这种观点和思想。

所以，我说某部科幻作品"伪科学"，并不是指责作品中的科学是错误的。对于幻想作品来说，研究它的科学是否正确是滑稽的行为。因为我们现有的科学是有局限性的，幻想中的科学原理完全有可能现代还没有发现，所以根本无法判断其正确与否。

要知道科学从来不是僵死的。科学要是不发展，我们现在还刀耕火种，看天吃饭。所以科幻小说中的科学，尽管大胆幻想。

我指责的出发点是作品的科学逻辑，科学规律，还有科学幻想在其中是不是作品的推动力。

举个例子。某人从一个没有网络的地区到中国来，他会很惊奇，因为在中国移动网络发达到出门不用带现金，只要有手机就好；然后由于人脸识别等技术的发展，连手机都不用带了，购物出行有张脸就行。这种环境下，人的行为方式和思维方式都会发生改变，这就是科学的逻辑和规律。

英国人道格拉斯·亚当斯的《银河系漫游指南》是一本很好看的科幻小说，开篇很荒谬，银河系为了修一条星际高速公路要拆掉地球。这个设定点有什么地球科学原理来支撑吗？没有，但随即发生的各种事情，都是在这个设定点上展开的。逻辑线清晰，始终都能自圆其说。在作者眼中，地球就和我们平时看到的社区没有什么区别，当银河系管理者发现拆错了以后，他们就雇人重新造了一个地球，挪威海岸线还因造得很美获了一个奖。

自洽性是鉴别一部科幻小说真伪的重要原则。你建造了一个迥然不同于现在的世界，你的人物却完全不按照这个世界的物理法则来行动，这就很糟糕。也就是说一部科幻小说中的剧情必须依照作者设定的背景来发展，不能自相矛盾。

科学性的表现并不是说要在小说中塞满技术细节，甚至图表和计算公式，有些科幻作家喜欢这样做，给读者丰富的科学信息，但这并不是必须。科学解说的份量多少完全要根据作品自身的需求来安排。

还有现在动不动就讲"硬核"科幻的人，你可能搞错了科幻小说和科学报告的区别。

不过，依然有人喜欢给科幻小说挑"科学是不是合理"的刺，这个就随他说吧。

第四讲

开脑洞的N种方法

NO.1 准备工作：搅脑冻

NO.2 开洞原则：好玩的幻想，有用的幻想，要哪个？

NO.3 经验之谈：成功的脑洞是怎么开的

NO.4 方法实操：培养创新思维

附：这些有意思的想象

前面三讲，我和大家谈了科幻小说的一些基本概念，特别强调科幻小说中的科学性是基础，是决定科幻小说和其他类型小说不同的地方。

这章我要谈的，是科幻小说的第二个要素，科幻小说的核心——幻想性。

对于科幻小说，科学性、幻想性和文学性是它的三要素，但每个要素的作用不同。我习惯用做菜来打方，如果把科幻小说当成一盘菜的话，科学性就是原料，幻想性是烹饪方法，而文学性则是烹饪中的各种调料。没有好的烹饪方法，再有多牛的科学认知，也无法做出色香味俱全的优秀科幻小说。

爱因斯坦曾经说过："想象力是比知识更重要的东西，知识是有限的，而想象力概括着世界的一切，推动着进步，并且是知识进步的源泉。"

想象力、幻想，带给我们科幻小说这种独特的文学形式，它激发人产生对无限宇宙的向往、对神秘新世界的憧憬，科幻从来不是预言未来，科幻的可贵之处就在于它敢于天马行空的幻想。

幻想性不像科学性，可以依靠多读书，多关注科技发展动态就能建立起对科学的认知，幻想性是一种思维方式，是和吃饭睡觉一样自发的行为状态，这个东西不能靠读书，有时候甚至书读得越多越缺乏。我们常常听到的一句话"读书都读傻了"，就是指读书多了以后，对自己的思想反而条条框框的束缚越多，凡事都要问书本——现在是凡事都要上网查一下——不能独立创造性地思维。

如果说幻想是在脑子里凿个洞，那么科学幻想就是要凿开多时空多思维的洞。

这个开洞过程的风险，在于有些人打不开会自暴自弃，有些人开多了又不知所云，所以我要先带着大家做点准备工作。

NO.1 准备工作：搅脑冻

搅脑冻的意思就是破除思维障碍。不把约束我们思想的条条框框拆掉了，就谈不上有想象力。思维障碍这个词儿大家可能有点陌生，换成思维定式或者惯性思维大家就熟悉了，也会有一个比较直观的概念——就是指我们长期形成的知识、经验，以及解决问题的方式，变成了固定的思维习惯，影响我们对未来的判断。

比如鸡蛋，它就是一种食物，能做鸡蛋羹、鸡蛋糕、鸡蛋饼，还有炒鸡蛋，等等，怎么做都还是食品，还能有别的非食品用途？当然有。

鸡蛋是重要的艺术品原料。蛋雕起码有 50 年历史，绘制彩蛋的历史更为久远。在俄罗斯沙皇年代，彩蛋最终演变成了珍贵的艺术品，成为御用珍宝。法贝热彩蛋每一颗都价值连城，在 2014 年一颗就被估值 3330 万美元（约合人民币 2 亿元）。

鸡蛋清美容，这很多人都知道。鸡蛋清还可以修补皮制品的裂痕，黏合陶瓷和玻璃。鸡蛋壳则能洗衣服、去水垢、止血止痒、养植物。

一旦冲开了"鸡蛋是食品"这样的固定思维，你还会发掘出更多鸡蛋的用途。

再举一个例子。田忌赛马这个成语大家应该都听过。成语说的是春秋战国时期，孙膑如何指导齐国大将军田忌赢得赛马胜利的故事。田忌经常与齐国众公子赛马，设重金赌注。这些赛马分为上、中、下三等，体力有所差别。孙膑就让田忌用下等马对付公子们的上等马，用上等马对付公子们的中等马，用中等马对付公子们的下等马。这样三场比赛结束后，田忌虽然败了一场却赢了两场，最终赢得了整场比赛的千金赌注。如果按照传统思维，用自己的上、中、下三等马和对方的上、中、下三等马硬碰硬比赛，孙膑没有把握能够全赢，但如果用自己的长处去对付敌手的短处，虽然局部有失，但整体却能够得到胜利。

思维定式是怎么产生的呢？研究者们有各种说法。对权威的信服是很重要的一个因素——因为某人是学术界领头人，他的判断和决策就成为真理，不可撼动。权威也是人，是人就可能会犯错误。而且科学的认知是有局限性的，定律法则一旦改变了条件，就可能不适用了。大发明家爱迪生曾经极力反对交流电，许多科学家都曾预言飞机不能上天。十年前，在盐碱地里用海水种水稻还是科幻小说的内容，我就写了一个科幻小说名叫《听布谷鸟叫》。现在它已经是我国成熟的农业技术，耐盐碱不怕海水浸泡的"海水稻"在新疆、东北等盐碱地获得了亩产 600 公斤的成功，还向海外推广，受到了非洲和中东国家的欢迎。

经验是我们的财富，但也可能对我们发散思维形成障碍。经验只是一种积累出来的感性认识，并没有充分反映出事物发展的本质和规律。一旦事物发展起了变化，人们受经验定式的束缚，就会墨守成规，不知所措。此外，从众心理也会造成思维定式。有很多人在逆行，自己也就跟着走，根本不思考逆行的危害，只是因为大家都在做，我就要这么做。缺少思考的独立性，就难以突破思维定式，无法享受幻想的乐趣。

我的科幻小说《404 之见龙在天》，写了一条龙被发现的故事。发表后就有读者表示质疑：龙怎么可以出现在科幻小说之中？他觉得龙这个动物是神话幻想之中的，科幻小说中不能有幻想中的动物，这就成了他的思维定式。一旦形成这个定式，他就无法发现我小说中的龙的科学形成过程，也无法感知到小说所要表达的思想，因为他满脑子会充满对龙的质疑，以及由此引起的对小说的质疑。

思维定式使我们的想象力如同被胶水黏住，动一点儿都很难。要打破思维定式，首先要放下内心对权威、经验等的默认，然后多去参观创意展览，或者逛逛创意商店，看看那些"异想天开"的新想法和新玩意儿，心里头可以接受"与众不同"了，再来狂读 20 本科幻小说，这时候脑冻就比较松软融化，可以接受一些思维方面的训练，培养自己的想象力了。

NO.2 开洞原则：好玩的幻想，有用的幻想，要哪个？

现在，你的思维没那么僵硬了，你努力地摆脱思维定式，不但可以接受我笔下的龙，也觉得恐龙复生是可以的，不同于我们碳基生命的硅基、氮基生物也是有可能存在的，甚至有纯能量体生命也不再是"离经叛道"。如果我下一部科幻小说中出现木星风暴就是一种生命，你也不会太惊讶了。实际上已经有科幻作家这么写了，木星风暴是一种生命这个梗我基本不能用了，除非我能有一个更有趣更好玩的关于木星风暴的故事。

说到好玩儿，就又有了一个新的问题，你怎么评价你幻想的价值？你觉得自己的幻想对他人根本无用，对社会无益，能写进科幻小说中去吗？读者看到自己的幻想，根本不会对未来产生激情和兴趣，也没有产生什么对科学的好奇心，这样的幻想，有用吗？

对幻想而言，我觉得"用"这个字简直就是头号敌人。"用"是将时间、物资等成本结合在一起的极大化价值，在一些场合它是评价事情的唯一标准。比如治疗新冠肺炎的药物，甭管是中药还是西药，有用就行，用的时候没有副作用则更好。但"用"并不是所有事物的判断标准，如果凡事我们都要从"用"出发，那我们可能就没有美术，也没有文学、音乐、雕塑，等等。在人类还茹毛饮血的时代，画画和唱歌或许还能起到激励斗志的作用，对打猎有一点好处，但写作呢？一个大男人不去打猎，而是整天拿石头在石板上刻字，还不是记录打猎的成果，而是描写百年后种族的发展，有什么用？不打猎的结果就是饿死，哪还有百年后？但就是那样艰难的时代，人类的艺术还是慢慢发展起来，在世界各地发现的史前岩画，说明了我们人类的想象力，打进化的开端就有一部分是为了"无用"存在的。

对于产品设计师而言，要考虑幻想的实用性，那是因为他将幻想当作了职业。但对我们大部分人来说，幻想只是一种轻松的思想活动。它可能有趣、荒谬、毫无逻辑、没有缘由，那有什么关系呢？它只是从你头脑深处产生的肥皂泡，一飘出脑海就消失无踪，那你又为何一定要给它一个标准，加个标签呢？

幻想只要不涉及伦理道德，真还没有什么好坏之分。

英国作家道格拉斯·亚当斯看到床上的毛巾，于是把它围在脖子上，并且列为星际旅行的第一必需品。这个幻想很出人意料。他用了，不好不坏；如果是我，可能会选择手套；如果是你，还可能选择一个保温杯，以便随时都能喝上热水……具体是什么东西真的不重要。道格拉斯·亚当斯的毛巾之所以被认为是绝妙的科幻构思，完全因为它是《银河系漫游指南》中的重要道具，而《银河系漫游指南》这本小说由于满足了欧美读者的恶趣味，被一些科幻小说榜单列上榜奉为经典了而已。

如果按照"用"的标准来筛选，《银河系漫游指南》还真是一本无用的科幻小说。

多说一句，现在你的幻想小说中星际旅行再使用毛巾，你的幻想

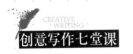

就不是好幻想。但你确实可以考虑使用保温杯。

当然，人类的未来需要有用的幻想，以便稳扎稳打取得发展，比如三峡大坝、南水北调、三北防护林，在我国制定这些超级工程的时候，多少人觉得都是不可能实现的幻想？但全部变成了现实。有的幻想会将人类带入歧途，甚至发生战争和灾难，比如希特勒幻想统一欧洲建立一个日耳曼帝国。

幻想并不是科幻小说独有的。在科幻小说中，幻想要遵循科学的规律和思想，就像戴着镣铐起舞，不能太过无拘无束，但也因此更加有趣。幻想展现给读者的是更为广阔的世界，有我们现世界的各种未来可能，也有非地球时空的其他种种异世界。科幻小说中的幻想，更多的是对自己虚构世界中，大至文明社会，小至个体生活的合理推演。

这就可以理解为什么《自然》杂志会有科幻小说专栏。《自然》毫无疑问是一本严肃的科学杂志，1861年创刊后，至今仍在出版，是最具影响性的国际科技期刊。《自然》在130岁时送给自己一份生日礼物，就是开设了"未来"专栏，专门发表好玩的短篇科幻小说。开篇之作是阿瑟·克拉克的《成长中的太空邻居》。这个专栏受到了读者、科幻作家和科学家的欢迎。我国科幻作家夏笳也在上面发表过科幻小说《Let's Have a Talk》（让我们说说话）。

在《自然》编辑看来，科幻小说和科学不存在任何冲突，因为杂志的宗旨就是勇敢探索前人未至的领域，这也是科学幻想的目的之一。《自然》对科幻作品的主题和内容没有任何限制，五花八门，无奇不有。夏笳的小说就是关于语言学的，写得很轻松活泼，很好玩儿。

这不能不令人感慨我们自己对待科幻的态度。科幻在中国的诞生和发展，正是中国从积贫积弱的清朝末年走出，奋力民族复兴的百多年，它不是为了探索未知世界而来的，生来就是严肃的面孔，要担负起民族复兴的使命。鲁迅先生把科幻引进中国时曾说"导中国人群以前行,必自科学小说始","要改造中国人,必须先改造中国人的梦"。科学幻想的"用"的社会思维定式,大概就是从那时起慢慢积累、形成的。

现在,社会的形态已和鲁迅那个年代有了根本的不同。对科学兴趣的培养越来越成为社会的共识。而兴趣本身是从游戏中来,从玩里来,好玩儿和有用在兴趣面上完全统一。科幻再也不必为幻想的尺度伤脑筋。

只要放开勒着脑袋的皮筋,让脑洞尽管打开就好。

NO.3 经验之谈：成功的脑洞是怎么开的

爬一座山，成功登顶的方法有很多种。走不同的路线本质上来说是一种，乘坐缆车或者电梯上去是一种，还可以坐直升机上去。但是失败的方法只有一种，就是上不去。

所以脑洞开成功的经验其实无法总结，因为太多了。但失败的教训却可以归纳。一个原因就是重复，和他人的幻想撞"梗"。人家造了个虚拟世界把所有人放在里面，你的剧情是发现所有人在一个虚拟世界；人家小行星撞地球，你偏巧选了一颗彗星撞地球，最后都要牺牲一个人；人家机器人智能进步为爱上了人类伤脑筋，你则是人类因为不小心对机器人心动而昼夜烦恼……许多科幻新手喜欢挑选机器人、虚拟世界、宇宙终极定律之类的题材进行创作，然后，就无数次、无数次地和前人的题材重复。

还有一个原因是滞后。你在小说中创造了一个微型机器人，深入人类血管孤胆英雄杀死癌变细胞。但你绞尽脑汁为机器人设计出动力和操控技术后，却发现科学家们已经研究出了自适应纳米机器人，完全不需要动力，完全不需要操控，简单到只有几个零件。你的技术储备远远落后了，你的幻想也就无法超前。

如果不能超前，又怎么能叫科学幻想？别说失败，这根本就是大型翻车现场啊，不忍目睹。

不过别沮丧，目前科学的未知领域还有很多，我们仍然有很多幻想空间。

前面提到的小说《404之见龙在天》中我是这样幻想龙的。龙第一次出现，是在特殊的观察仪器中：

> 眼前的黑暗中忽然出现一片淡淡的灰色，正以20迈的速度从容不迫地移动着……那就是一条传说中的中国龙，长长的躯干顶着大大的头，头上有角头下部飘动长须，躯干下方还有四只短腿。看不清躯干上的鳞片和头上的眼睛，但不知为何，我能感觉到这家伙身上的鳞片在抖动，眼珠子在滴溜溜乱转，似乎对这世界有无限的好奇心。一辆轿车驶上高速，穿过龙的身体。我不由得打个寒战。但车和龙各行其是，彼此之间没有产生丝毫影响。
>
> ……
>
> 依靠大张的仪器，我们不但看清楚了龙的模样，还得到了龙的基础数据——长8.35米，直径1.21米，这是个大家伙！

然后，随着观察者的增加，这条龙逐渐可视了，还有目击者报料：

> 龙头，龙爪子，龙尾巴头，在空中闪，绝对不是我的幻觉。神龙见首不见尾啊！

龙渐渐清晰可见了，但物理学家们认为这是龙形波，他们建立了数学模型发动全世界的闲人们上网分布式计算，因为龙是高频的电磁波：

龙顺着电线流窜，变压器是它的最爱。它起初在高频区，随后又在低频区，波长频率始终不能稳定，它似乎是在吸收电能，又似乎是在通过对电网的盘查检查全市的能源供给状态。

关于龙的科学定论，文中这样写道：

主任继续说："这条龙，它时隐时现，来去无踪，虽然能被我们观察却不能被我们观测。我们一旦靠近它，就会发现它的实体根本是不存在的，它本身仅仅只是一组微观粒子。它展现给公众看的实体，只是公众希望看到的样子，是一段全息影像。我这么说，你们能明白吗？"

总编懵懂："公众希望看到龙？"

"龙是一个大众符号。最容易得到大众的呼应认同。"主任回答。

……

"我们只能确定，它是能够吸取外界能量复制信息的高能粒子团，具有量子性，目前状态还不稳定，所以经常消失，又经常同时在异地出现。至于为什么选择龙，我们认为，很有可能和春节期间龙的形象频繁出现有关。"主任说话很谨慎，字斟句酌，"龙的信息量突然增大，这可能是它选择的标准。"

关于龙的幻想，一步一步到这里就构思完全了。为后面诱捕龙准备好了扎实的技术基础。

所以，别着急你的脑洞一步到位，慢慢完善，也许还会有更新奇的想法。

有时候我们的脑洞并非来自自身的联想，而是从其他人的幻想中得到了启示。比如特德·姜的短篇科幻小说《呼吸·宇宙的毁灭》。他讲述这篇小说的灵感来源时谈道："第一个是菲利普·K.迪克的小说《电子蚁》。故事讲述了一个人去看医生，结果却被告知自己其实是一个机器人。这令他大吃一惊，不过他平静下来以后决定打开自己的胸膛看一下自己的内部结构。在身体里，他可以看见一小卷打孔纸带缓慢地展开。在某种程度上，那就是他的意识。我一直认为这是一幕绝妙的场景，我久久都不能忘怀。第二个是罗杰·彭罗斯所著的《皇帝新脑》中讲述熵的那一章。他指出，我们通常认为进食是因为我们需要食物中的能量，但是这种说法不完全准确。人体辐射能量的速率跟吸收能量的速率大体相当，我们其实没有增加体内的能量，进食的原因是我们辐射高熵能量，却需要补充低熵能量；我们就是熵增的始作俑者。我觉得这个结论很有意思，所以想尝试以更加具体的形式把它呈现出来。"

《呼吸·宇宙的毁灭》尽管是短篇，也有1万多字，因而我只能选取其中的部分段落，大家体会下文中肆意翻滚的想象力。

首先是"空气补给站"概念的设定：

> 然而在正常的生活中，我们对于空气的需求远远超出想象，不过大家认为，到空气补给站要做的其他事情都要比满足这种需求更重要。因为补给站是最主要的社交场所，我们在那里既

能获得生命的补给又能获得情感的满足。我们都在家里备有充满空气的肺，可是有人茕茕孑立的时候，打开胸腔更换肺似乎比做家务强不了多少；但是和大伙一起换肺却是一种群体行为，一种共同分享的快乐。

假如有人非常忙碌或者不善交际，他只需要在补给站把一对充满空气的肺安装在自己的身体里，再把空的放在房间的另一边就行了。要是刚刚换过肺的人有些空闲时间的话，他可以把空的肺连接到空气配送机上，重新装满它们，以方便下一个人使用。这个过程很简单，也是一种礼貌的体现。不过最常见的行为显然是在补给站闲逛并享受与人相伴的美好时光，跟朋友或熟人讨论当天的天气，顺便再把刚刚充满的肺提供给和自己交谈的人。从最严格的意义上来说，这也许不能被称为分享空气，因为配送机仅仅是从深埋地下的储气槽连接出来的管道终端，所以大家明白我们的空气来自同一个源头——伟大的世界之肺、我们的能量之源，不过这样的共识倒使得为他人提供便利成了一种友谊的体现。

很多肺会在第二天回到同一个气体补给站，不过大家出门去附近的地区时，也会有很多肺流通到别的补给站。从外观来看肺都是一样的：光滑的铝质圆柱体，所以人们分辨不出某个特定的肺是一直待在自己家附近还是去过了很远的地方。新闻和闲话随着肺在人和地区间传递。虽然我个人很喜欢旅行，但是通过这样的方式人们不离开家就可以了解到远方的新闻，甚至是那些来自世界最边缘地区的新闻。我曾经一直旅行到世界的边缘，亲眼看见坚固的铬墙从地面一直向上延伸进无边的天空。

然后是主人公对他自身的一番探索：

> 我制作的第一件工具最简单：我将四块棱镜平行安放在支架上并仔细地调整它们，使它们截面上等腰直角三角形的顶点位于一个矩形的四角。这样，水平射入一块下层棱镜的光线会向上反射，再经过另外三块棱镜的反射，光线会沿着一个四边形环路回到原点。所以，当我坐下来，使眼睛和第一块棱镜等高，我就能看到自己的后脑。这具自我观察潜望镜为将来所要做的一切打下了基础。
>
> 移动以类似方式排列的调整杆便可以调整潜望镜的视角。这一组调整杆要比潜望镜的大得多，不过在设计上还是相当简单的。相对而言，最后我又分别在这些工具上安装的设备要更加精密。我为潜望镜添加了一台双筒显微镜，安放在可以上下左右转动的支架上，我还为操纵杆配备了一批可以精确操纵的机械手，不过这样的描述对机械师的工艺杰作实在有失公允。机械手结合了解剖学家的灵巧和他们所研究的身体结构带来的启发，操作者能够使用它们代替自己的双手，甚至是完成更加精密复杂的工作。
>
> 把这套设备全部组装完成花去了几个月的时间，但是我必须小心谨慎。准备工作一完成，我就可以将双手放在一套旋钮和控制杆上，操纵一对安放在我脑后的机械手，并用潜望镜观察它们的操作对象。接下来我就能解剖自己的大脑了。
>
> ……
>
> 我首先取下了位于头顶和后脑的大弧度金属外壳，接下来

是两块弧度稍小一些的侧面外壳，只有我的脸没有取下来，不过它固定在一个约束支架上，即使能通过潜望镜观察到后面，我也无法看清它的内表面。我看到自己的大脑暴露出来，它由十几个部分组成，外面覆着造型精致的外壳。我把潜望镜移到了将大脑一分为二的裂缝前，在迫切的渴望中瞥见了脑部件内部惊人的机械结构。就算是我看到的内容不多，我也能断定这是我见过的最具美感的复杂机械，超越了我们制造的一切，毫无疑问它具有非凡的起源。眼前的一幕令我兴奋得不知所措。我又严格从美学角度出发，品味了好几分钟，然后才继续进行探索。

一般的猜测认为大脑的结构是这样划分的：一台引擎位于头部的中心，实现现实认知，环绕在它周围的是一系列存储记忆的部件。我的观察结果与这个理论一致，因为外围部件似乎相互类似，而位于中心的部件却不大一样，它更加奇怪，而且活动的部分也更多。然而这些部件安装得十分密集，我无法看清它们是如何运作的。如果要更深入地研究，我就得更进一步观察。

每个部件都有一个专属的空气储备器，从大脑基部的调节阀伸出的软管为它补充空气。我把潜望镜对准了最后边的那个部件，利用遥控机械手，迅速取下输气软管并装了一根更长的软管。为了在极短的时间内完成这个动作，我曾练习了无数次。即便如此，我也不确定自己能否在这个部件耗尽它自己的空气储备之前完成连接。确认了部件的运转没有被我打断之后，我才继续往下进行。我重新整理了一下较长的软管，然后便可以更清楚地看到刚刚被它挡住的那个裂缝里有些什么：连接这个部件与相邻部件的其他软管。我操纵最纤细的一对机械手伸进那道狭窄的缝隙，一个接一个地用较长的软管替换原来的软管。最后，我完成了整个部件上的工作——它与大脑其他部分的每一条连接管路都被我更换了。这样我就可以从支撑结构上拆下它并把整个单元从原本的后脑那里取下来了。

我知道这样做有可能在不知不觉中消弱我的思维能力，接下来进行的几项基础算术测试表明我的思维没有问题。一个部件已经挂在上边的架子上，此时我可以更清楚地观察大脑中央的认知引擎，不过，要将附加的显微镜伸进去进行细致的观察，空间还不够。为了能够彻底弄清楚大脑的工作原理，我至少得取下六个外围部件。

我为每个部件更换了软管，这项重复的工作需要极大的精力和耐心。我从后边又取下一个部件，从顶部取下两个，从两个侧面各取下一个，然后把所有的六个都挂在了头顶的架子上。我完成时的情形看上去就像是爆炸一秒钟之后某个极短瞬间的再现。考虑到这些，我再一次感到震惊。不过，认知引擎终于显露出来，从我躯干伸出的一束软管和操纵连杆在下边撑着它，我也终于可以将显微镜旋转到任意的角度并观察拆卸下来的组件的内表面了。

科幻小说中的幻想，可以是对一个世界的整体构思，方方面面事无巨细；也可能就是一个片断，一个场面，一个人物，勾勒出令人惊异的未知时空。看似荒诞，却展现出人类将来可能发生的种种。

从这个角度来看，科幻小说创作其实是一种思维试验。

NO.4 方法实操：培养创新思维

首先，要掌握正确的方法。我前面说过，通过思维方面的训练，能够培养自己的想象力。这个思维训练，可以借鉴创新思维的培养方法。

创新思维指的是用以超常规甚至反常规的方法、视角去思考问题，解决问题，突破思维定式的界限，提出与众不同的解决方案。

创新思维理论形成于20世纪初，经过百多年的发展，有了许多学说和应用。就如何提高创新思维能力，也有许多不同的方法。我觉得以下的说法比较透彻。

一是溯本创新法，就是从追寻事物本质中创新认识，善于透过现象看到本质，从根本上把握事物及其发展规律。二是全局创新法，就是从全局着眼，全方位、立体化和多角度地分析事物，从而得出对事物的科学认识。三是正反结合创新法，就是从历史的经验教训中谋划现实和未来。历史是现实和未来的一面镜子，英国历史学家汤因比曾说，人们从"文明衰落所造成的痛苦中学得的知识可能是进步最有效的工具"。这里的"进步"，即是指在历史经验教训基础上实现的"创新性发展"。

科学幻想的建立也是如此，一定要懂得透过现象看到幻想事物的本质，从根本上把握事物及其发展规律。这就要求有科学知识的积累，熟悉科学发展的历史，懂得科学发展的规律。既然身为人类，那么我们幻想的边界，即是人类认知的边界。我们作为人类的先行者，探索这些思维的边界，必定是要有规律和本质，抓住这些东西，才能让我们的幻想走得深远。

知识的积累只有读书，没有其他巧妙的办法。我们所处的时代是幸福的，有超量的信息，通过图书、影视资料积累释放。但也因信息的庞大，常常使我们无所适从，找不到幻想的突破点。所以对信息必须进行选择，吸收为自己的知识积累，这些知识有一天就会在脑海中碰撞，从而产生奇妙的幻想。

其次是从全局着眼，全方位、立体化和多角度地去建立自己幻想的事物，从而对幻想的事物有一个清晰的认知。这样哪怕只是写一个微小的事物，也会因为有庞大的体系在背后支撑，包含了丰富的信息量，从而真实生动。在我的科幻短篇小说《信使》中，撞车场的出现只有寥寥数字：

> 撞车场宛如驶在夜空中的船，被一波接一波的声浪托起又甩下。
>
> ……
>
> 前几排全被最狂热的撞车迷占据。他们穿印有心爱汽车图片的金属衣服，戴用汽车保险杠做的饰物，隔着车场的保险铁丝网一边声嘶力竭叫嚷，一边流泪。触犯他们是危险的，只要动一个，其他所有人便会立刻扑上来把我们撕成碎片。
>
> ……

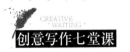

  第三次撞击开始，那些由电脑操纵的车辆疯狂撕咬在一起。突然，有一辆车子起火，另一辆撞到半空中爆炸，爆炸的火球瞬间照亮了每个人的脸。

  但围绕撞车场我构建了一个颓废的消费性未来社会，从政治、经济、文化乃至饮食习俗都做了设想。对这个社会想得越多，我笔下的人物就能越行动自然、语言顺畅，他们会顺着字词活起来，行走在纸张之上，渐渐拥有了自己的生命，不再为我所控制。我最后只是复述他们的故事，如实写出来给你们看。

  然后是从历史的经验教训中幻想，不走历史的老路，不走人类文明的歧路，从而幻想出崭新的不同的未来。

  要培养自己的幻想性思维，首先需要发散性的思维。

  做一个小练习。在白纸上写下一个主题概念，比如"未来的交通"，并将它圈起来。然后以它为中心，画出若干个分支，在每个分支上写下你一想到"未来的交通"就会联想到的词语。看看你能写出多少个。

  然后再来做关联幻想练习。随便在纸上写几个毫不相关的字或词，然后把这几个词组成一句话，当然这句话要有科幻色彩。当年我做这个练习时，得到的字词是：四月一日、半条虫子、空间负立方体。我把它们连成了一个小说标题《四月一日·半条虫子·负立方体空间》，写了一篇短篇科幻小说，后来因这个名字太过不知所云，又起了个名字叫《交错》。

  刚才我说了，科学幻想有时候是要好玩一点的，不必要整天愁眉苦脸，背负人类未来的重担。我这个半条虫子的想法就是冲着好玩去的。

  幻想性思维还需要联想性思维。

  联想就是通过某人、某种事物、某一概念而想起其他相关的人、事物或概念。联想有相似或相关联想，比如看到鱼想到潜水艇；对比联想，比如看到太阳想到月亮，看到海洋想到沙漠；因果联想，比如看到花朵就想到果实；接近联想，比如看到月圆联想到中秋节，看到商店橱窗中的圣诞树想到新年将至……

联想多了，自然就会有在已有形象的基础上在头脑中加工或创造新形象的能力。这就是珍贵的幻想力。

比如这个圆形，你能联想到什么？

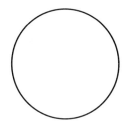

幻想性思维需要换方向思维。

司马光砸缸的故事大家都很熟悉。常规的救人方法是从水缸口中将人拉出水面。司马光人小，个子矮，够不到水缸口。他改变思维方式，不能把人拉出水，那是不是可以把水放干呢？于是他用石头将缸砸出一个洞，使水流出缸，水流干了人也得救了。这就是改变方向的思维方式。

重庆山地多，平地少，建筑都往高处修，常常某座楼的第一层是另一座楼的顶层。因而在重庆问路，不但有东南西北的四个方向，还要加两个方向——上下，否则导航常常是到了地方也找不到，因为目标是在脚下的。在重庆，对于方位的认知就要换一种思维方式——必须加上维度的概念。

幻想性思维的关键是要保持和发展自己的好奇心。

当我们成年以后，需要承担现实的责任和义务，事务的繁多往往使我们忘记了停留下来，观察周边的世界，想一想未来。真正对未来怀有好奇心的是孩童。因而科幻作家往往是分裂的，他既要有一个成年人对世界高瞻远瞩的洞察性，又要有一个孩童对世界天真无邪的好奇心。不过，幻想的尽头往往不再是对具体事物的想象，而是变成了对生命、宇宙的哲学思考。

附：这些有意思的想象

1. 书，是用来种的

书中自有黄金屋，书中自有颜如玉，现在，书中还有瓜果香。书本里能长出花花草草、瓜瓜果果的有机瓜果书出现在市场上。瓜果书最早起源于日本，是园艺科学和工业设计的巧妙结合。瓜果书外形似书，里边含有有机介质、营养介质，以及迷你种子。在日本，各地商场和书店均有"瓜果书"出售，诸如"番茄书""黄瓜书""茄子书"等应有尽有。人们购回后按照种植说明，只要每天浇水，书本里便能长出瓜果。这些瓜果都是迷你型的，长不大，黄瓜只有手指粗细，番茄像荔枝大小。不过产量还是不错的。一般情况下，一本"番茄书"经培育可长出150~200个迷你果，一本"黄瓜书"可结出50~70条袖珍瓜。

2. 超级高铁

这种高铁的构思由来已久，它是将管道抽成真空后，让胶囊状舱体在管道中高速行驶，运输乘客。目前，美国在积极开展这方面的研究。我国时速1000千米高速飞行列车的研发项目也在进行中。米歇尔·凡尔纳是儒勒·凡尔纳的儿子。他的这篇科幻小说《未来快车》发表于 1888 年，可能是关于真空管道运输最早的文学作品。

未来快车

米歇尔·凡尔纳 著　李晓航 译

"请注意脚下台阶！"为我领路的人喊道。

遵照指示安全走下楼梯后，我进入一个巨大的大厅。大厅被耀眼的电动反光镜照得亮堂堂的，周围一片寂静，只能听到我们的脚步声在回响。

我在哪？我来干什么？我的神秘向导是谁？问题一个个冒出来，没有答案。

深夜里长长的步行，一扇扇铁门咣当开、关，向下的楼梯，看来我像是深入了地底——这就是我能回想起来的全部过程，好吧，我也没空去想太多。

图 44　艺术家 A.J.Johnson 为小说《未来快车》绘制的配图

"你肯定想知道我是谁吧?"我的向导说,"我是皮尔斯上校,竭诚为您服务。您问在哪儿?我们在美国,波士顿,这里是一个车站。"

"车站?"

"是的,波士顿到利物浦气动管道公司的起点站。"

然后,随着一个解释性的手势,上校为我指出了两根长长的铁管子,它们的直径大概有一米五,平躺在我面前几步远的地方。

我望向那两根管子,它们的右边深入高大的砖砌墙里,左边用厚重的金属盖板封死,上面还有一组一直延伸到屋顶上去的管道。我突然明白了这些东西是怎么回事。

不久前,我在一份美国报纸上读到一篇文章,描述了这种用两根巨大管道连接欧洲和新大陆的超级工程,大概就是它吧?

发明人之一宣布已经完成了这一工程,他正是站在我面前的皮尔斯上校。

我想我回忆起了那文章的内容。

其中,记者很体贴地描述了这工程的许多细节。

他提到需要3000英里(1英里=1609.344米)以上的铁管,总重超过1300万吨,需要200条2000吨的船装运这些材料,每条船往返航行33次才能完成任务。

他提到这一科学舰队搭载了这些钢材,沿着两个特殊航道布放,并在船上把每节管子的两端互相衔接,整个管道外面由三重铁网保护,整体再覆盖上一层树脂制剂,以防海水腐蚀。

紧接着是工作原理,记者把这种管道输送比喻为一种无限长的豌豆枪——旅客坐在一系列车体里，车体由强大的气流推动，类似于邮件通过巴黎市的气压管道派送。

文章最后是一幅铁路网示意图，作者热情地列举了这一新颖大胆系统的优势。

据他所说，由于这些钢管内表面经过精磨，乘车通过时并不会产生让人紧张不安的震动；管内温度的均匀性通过调节气流来保证，并可根据季节增减供暖；系统的建造和维护费用低廉，因此票价将低到难以置信——假如所有关于重力和磨损的问题都忽略不计的话。

现在这篇文章就浮现在我脑海中。

是的，这个"乌托邦"就这么变成了现实，在我脚边的这两个钢铁管道就这么从水下穿过大西洋，连通到了英格兰海岸！

尽管眼见为实，我还是无法相信这工程已经搞好了。我并不怀疑这些管子的铺设已经完成，但人们会乘这个旅行——别扯了！

"连产生这样长距离的气流也不可能吧？"我大声表达了这一疑惑。

"恰恰相反，那很容易！"皮尔斯上校反驳，"需要的只是大量蒸汽风扇，类似给高炉鼓风用的那种。

"空气被风扇用一种接近无限的力量驱动，可把车体加速到每小时1800千米——几乎是炮弹的速度——这样我们的旅客列车将在2小时40分内走完从波士顿到利物浦的行程。"

"每小时1800千米！"我叫道。

"对，绝不会慢一点儿。如此快的速度会带来不同寻常的后果！利物浦时间比我们早4小时40分，一个乘客早9点从波士顿出发，下午3点53分就能到英国。

"这速度够快了吧？"

"反过来说，在这个纬度上，我们的火车比地球自转还要快每小时900多千米，我们可以追过地平线上的太阳！比方说吧，中午从利物浦出发的旅客将在上午9点34分到达我们目前所在的车站——对，比他出发时间还要早！哈！哈！我想没人能比这更快地旅行了！"

我不知道该怎么理解这些话。我在和一个疯子聊天？或者我必须相信这些神奇理论？尽管我的脑子在抗议。

"好吧好吧，你怎么说都行！"我说，"我承认有旅客可能想走这条疯狂路线，而且你能达到那种不可思议的速度。但你怎么确定你真有这么快？而且当你要停下来的时候，所有东西都会被撞碎的！"

"才不会碎呢，"上校耸耸肩答道，"在我们的一对管道之间——其中一个驶离，另一个驶入——因此驱动它们的气流方向相反——每隔一段距离都有个联络通道。

"当列车接近时，一个电火花信号会通知我们；如果不管它，列车将以原速继续前进；但是，只要转动一个把手，我们就能从平行的管道中吸入反方向流动的压缩空气，于是，车将一点点地减速，直到把冲击减为零，或是停车。

"我说这么多也是耳听为虚，实际试乘下好吗？你会都体验到的。"

随后，上校不等人回应就猛地拉动了其中一根管道侧面的一个光亮的黄铜把手：一块嵌板沿着轨道平滑地挪开，从露出的开口处我看到了很多排座位,每排都可以舒适地并排坐两个人。

"这就是车厢!"上校叫道,"上车吧。"

我遵命行事,没提任何反对意见,车门在我进去后立刻滑回原位。

借着顶上的电灯光,我仔细检视这个车厢。

里面十分简朴:一个长圆筒,装潢舒适,沿长度方向大约排有 50 把扶手椅,两两成对,共 25 排。

车厢两端各有一个阀门调节气压,远端那个放可呼吸的空气进来,近处的排出高于正常压力的多余空气。

检视了一会儿后,我变得不耐烦了。

"欸,"我说,"我们是要走了吗?"

"要走?"上校叫道,"我们早就启动了!"

启动了——就这样——没有一点儿震动,这可能吗?我聚精会神地听着,试图发现任何可能引起我注意的声音。

如果我们真的启动了——如果上校没骗我,车速是 1 800 千米每小时——我们一定已经远离任何陆地,置身洋底。我们头上是翻滚着巨大汹涌波涛的海面;说不定还会有鲸鱼把我们长长的钢铁牢笼当成一条未知种类的巨大海蛇——正用它们强有力的尾巴敲打!

但我只听到沉闷的隆隆声,毫无疑问,那是我们的列车经过时发出的。我陷入了无限的惊愕之中,无法相信发生在我身上的一切。我静静地坐着,让时间流逝。

大约 1 小时后,额上的一丝微凉突然把我从渐渐沉入的麻木中唤醒。

我举起手摸了下脑门：它是湿的。

湿的！为什么？管子是不是在海水压力下爆裂了——这种压力是不可抗拒的，因为每增加10米水深就会增加一个大气压。海水灌进来了？

恐惧笼罩着我。我吓坏了，努力喊出声来——然后——我发现自己在我家花园里，正被一场大雨淋湿，是雨水唤醒了我。

原来，我在读一位美国记者写的皮尔斯上校精彩项目文章时睡着了——我很担心，上校的项目也只是做梦而已。

第五讲

科幻小说的形式：文学

NO.1 科幻小说的文学价值观

NO.2 科幻文学中的人物

NO.3 科幻小说的审美体现

NO.4 科幻小说的本土化

NO.5 科幻小说中的现实和反现实

说起来很有趣，直到今天，仍然有人争论科幻小说究竟该让科学主导还是让文学主导，也就是科幻小说到底姓"科"还是姓"文"。以前，这在中国是关系到由科协还是由作协来主管领导的重大问题，不能马虎。争论的结果，科幻小说被科协归入了科普一类，科幻小说作家也就披上了科普作家的衣服，这便是为什么中国科幻作家很多都是科普作家的原因。作协那边呢，把科幻小说归入了儿童文学，认为科幻作家应该是儿童作家，《三体》还获得过全国优秀儿童文学奖。

其实，科幻小说创作和科普创作有根本的不同，用科幻小说来做科学普及工作，显然会犯科学性错误。因为科幻小说中的科学基本上是虚构的。

将科幻小说归于儿童文学也不合适。虽然确实有为儿童创作的科幻读物，好的科幻小说也能老少咸宜，但并不等同于科幻小说是一种儿童文学，这就抹杀了科幻小说对社会现实的批判性和对人类未来的警示性。

科幻小说是科幻思维加小说形式的综合体，科幻思维是皮，小说形式是毛。皮之不存毛将焉附？没有科幻思维的皮，小说的毛虽还在，但科幻小说就不在了。但如果没有小说的毛，科幻思维本身也会生硬而缺乏魅力。

好在有越来越多的读者认识到，科幻小说是一种复杂的文学类型，它以科学的 DNA、幻想的骨骼，搭建起文学的血肉，它是文学在技术时代的新的发展。再去辨识和质疑科幻小说的文学性已经是落伍的思想行为，真正应当做的是思考与实践科幻小说如何引领当代文学前行。

因此，我特别喜欢这个判断："科幻小说不仅拓展了传统文学的内在价值，也可能通过赋予想象以新内涵，接管文学的基本性质，并且将科学幻想加入文学性质当中,从而让文学性打上科学性的烙印。"

这才是当代科幻作家要在作品中追求和体现的文学。

这一讲,我要和大家分享的,就是我对"当代科幻作家如何在作品中追求和体现文学"的一点想法。

NO.1 科幻小说的文学价值观

前面我们通过科幻小说发展历史的简单梳理,认识到科幻小说的本质是反映科技社会发展对人类的影响,关注的是人类未来的命运。这一点上,和我们中华文化的传统有相似之处。

中华文化自古就讲究"文以载道",要求文章讲道理,讲什么道理?讲治国齐家平天下的大道理。

两千年前,西汉的戴圣在《礼记·礼运篇》中写道:"大道之行也,天下为公,选贤与能,讲信修睦。故人不独亲其亲,不独子其子,使老有所终,壮有所用,幼有所长,鳏寡孤独废疾者皆有所养,男有分,女有归。货恶其弃于地也,不必藏于己;力恶其不出于身也,不必为己。是故谋闭而不兴,盗窃乱贼而不作,故外户而不闭。是谓大同。"

这段文言文用现代文解释的意思就是:"在大道施行的时候,天下是人们所共有的,把品德高尚的人、有才能的人选出来,人人讲求诚信,培养和睦气氛。因此人们不单奉养自己的父母,不单抚育自己的子女,要使老年人能终其天年,中年人能为社会效力,幼童能顺利地成长,使老而无妻的人、老而无夫的人、幼年丧父的孩子、老而无子的人、残疾人都能得到供养。男子要有职业,女子要及时婚配。人们憎恶财货被抛弃在地上的现象,收贮它却不是为了独自享用;也憎恶那种在共同劳动中不肯尽力的行为,要不为私利而劳动。这样一来,就不会有盗窃、造反和害人的事情发生,家家户户都不用关大门了,这就是理想社会。"

这个理想社会不就是科幻小说中所憧憬的乌托邦?天下为公,天下大同的理念,不就是科幻对人类未来发展的终极梦想吗?

这个理想的社会如何能够达到?一千年前,宋朝的范仲淹在他的《岳阳楼记》中给出了答案:"予尝求古仁人之心,或异二者之为,何哉?不以物喜,不以己悲;居庙堂之高则忧其民;处江湖之远则忧其君。是进亦忧,退亦忧。然则何时而乐耶?其必曰'先天下之忧而忧,后天下之乐而乐'。"

好的未来,需要仁人志士,把国家、民族的利益摆在首位,为祖国的前途和命运分忧,为天下人民的幸福出力。

从西汉到北宋,时光过了一千年,沧海桑田,文化的传统没有变,传世的文学作品无一不表现出对社会的深切关怀。尽管每个时代所面临的社会问题有所不同,但对理想社会的追求却并无二异。

现代社会,从农耕文明进入了工业文明,科学技术的飞速发展不仅改变了我们的生活方式、社会结构,未来甚至还将改变我们的身体结构……我们的未来将走向何方?仍然还是那个天下为公的大同社会吗?

当然还是!难道我们当代知识分子的胸怀抱负,还不及一千年前的范仲淹、两千年前的戴圣吗?

我们看到了祖国日新月异的变化。建设者们数十年为一日的劳作换来的,是纵横南北的高速铁路,是遍布全国的煤炭、水电站、石油和天然气等能源基地,是近千万个基站和近 5 000 万千米光缆线路搭建起

的信息网络,是绵延千里使用无人机播种撒药的粮田……不断有旧的职业消失,又不断有新的职业在诞生,人与人之间的关系也随之改变……

当代文学,需要适应和体现社会的种种变化,更需要敏锐地感知这些变化所延伸出的对人的影响、对未来的影响。19世纪的现实主义文学对社会是批判和揭露,那么21世纪的文学对社会应该是什么态度?

观望社会的现实,更是要把急速变革中社会的未来显现出来,可能是好的未来,也可能是坏的未来,还可能没有未来。

这种文学,不正是科幻小说吗?

最优秀的科幻小说,正是遵循着人类历史发展的客观规律,将万千种可能的未来拉到我们面前,让我们在震惊和反思的过程中,去警醒现实,着手实践,去努力实现那个最好的未来。

刘慈欣的短篇小说《中国太阳》,写的是一个农村小子水娃如何成为第一批太空工人的故事。他人生一次又一次的奇妙变化,是因为他紧跟着中国社会发展的脚步,从不言放弃,也从不怕艰辛。他和千万人的努力不仅改变了自己的命运,也改变着中国的命运,更改变着人类的命运。

在小说最后,中国太阳变成了人类的一艘恒星际飞船,向太阳系外驶去,水娃是这艘飞船的成员,也是人类第一批恒星际旅行者。作者写道:

> 这以后,水娃的爹娘将用尽余生,继续照顾那块曾经贫瘠现已肥沃起来的土地,过完他们那充满艰辛但已很满足的一生。
>
> 他们最后的愿望将是:在遥远未来的一天,终于回家的儿子能看到一个更美好的家园。
>
> 中国太阳正在飞离地球轨道,它在东方的天空中渐渐暗下去,它周围的蓝天也慢慢缩为一点,最后,它将变为一颗星星

融入群星之中，但早在这之前，恒星太阳的曙光就会把它完全淹没。

曙光也照亮了村前的这条小路，现在它的两旁已种上了两排白杨，不远处还有一条与它平行的小河。二十四年前的那天，也是在这清晨时分，在同样的曙光下，一个西北农家的孩子怀着朦胧的希望在这条小路上渐渐远去。

这时北京的天已经大亮，庄宇仍站在航天大厦的楼顶，望着中国太阳最后消失的位置，它已踏上了漫长的不归路。中国太阳将首先进入金星轨道之内，尽可能地接近太阳，以获得更大的加速光压和更长的加速距离，这将通过一系列复杂的变轨飞行来实现，其行驶方式很像大航海时代驶逆向风的帆船。七十天后，它将通过火星轨道；一百六十天后，它将掠过木星；两年后，它将飞出冥王星轨道成为一艘恒星际飞船，飞船上的所有人将进入冬眠；四十五年后它将掠过半人马座，宇航员们将短暂苏醒。自中国太阳启程一个世纪后，地球才能收到他们发回的关于半人马座的探测信息。这时，中国太阳正在飞向天狼星的路上。由于半人马座三星的加速，它的速度将达到光速的百分之十五，将于六十年后，也就是自地球启程一个世纪后到达天狼星。当中国太阳掠过这个由天狼星A、B构成的双星系统后，它的速度将增加到光速的十分之二，向星空的更深处飞去。按照飞船上生命冬眠系统能维持的时间极限，中国太阳有可能到达波江座—ε星，甚至可能（虽然这种可能性很小很小）最后到达鲸鱼座79星，这些恒星被认为可能有行星存在。

谁也不知道中国太阳将飞多远、水娃他们将看到什么样的神奇世界，也许有一天他们对地球发出一声呼唤，要上千年才能得到回音。但水娃始终会牢记母亲行星上的一个叫中国的国度，牢记那个国度西部一片干旱土地上的一个小村庄，牢记村前的那条小路，他就是从那里启程的。

《中国太阳》并不是预言，中国太阳的设计可能永远只存在于科幻小说中，但它包含的中国人和中国社会的进取精神，却正是这个时代的主旋律。

科幻小说首先要有正确的价值观，不迎合、不附属世俗的流行，坚持内心深处"文以载道"的追求。

价值观不是生硬的字句，而是贯彻在小说人物的塑造之中，通过语言和行动表达。

《中国太阳》从正面展现了我们骨子里"国家兴亡匹夫有责"的社会担当，在这种担当的引领下，水娃最终抛弃了"老婆孩子热炕头"的传统小农思维方式，而是提出了看似疯狂的恒星际飞船的计划，因为"飞出太阳系的中国太阳，将会使享乐中的人类重新仰望星空，唤回他们的宇宙远航之梦，重新燃起他们进行恒星际探险的愿望。"

如果将《中国太阳》比喻为黄钟大吕般激情昂扬的音乐，那么《蚁生》就是敲向人性深处的鼓声，从另一个角度呈现传统价值观。

《蚁生》是王晋康的长篇科幻小说。王晋康是高级工程师，退休前在石油系统工作，社会变迁、人情冷暖，皆有洞察。他自1993年开始创作科幻小说，作品不仅数量惊人，而且质量上乘，屡屡获奖，是中国科幻的常青树。对社会发展的深刻思索，奠定了王晋康科幻小说独特的文学特质。

我个人十分喜欢《蚁生》这部作品。小说围绕青年人颜哲从蚂蚁身上提取到了一种叫"蚁素"的激素展开。"蚁素"喷洒到人身上后，人便会像蚂蚁一样具有自我奉献精神，完全抛却私利，任劳任怨地为集体工作。但是，这种简单的科技手段，能改变的只是人的行为模式，却无法改变他内心深处的行为准则。抛却社会环境的人性改造必然是失败的，因而，颜哲一旦开启了"蚁素"控制人的模式，就注定了失败。他那建立乌托邦式家园的理想，最终也只能是理想。

著名科幻作家韩松这样评价《蚁生》："王晋康把改造人的政治抱负，寓于科幻中。王晋康展现给我们的是一场社会实验。同样是超人，他们把自己改造成一个完全以集体主义为归宿的新型物种，而这是一场彻底的悲剧。这部小说，很突出地展现了王晋康作为一个中国知识分子所具有的情怀、知识、理想和节操。我们说科幻是一种文化，就是这个意思，现今中国，最缺的就是文化。"

还记得我在第一讲中提到的威尔斯的《神食》吗？小说也创造出一种新的超人，生机勃勃，要埋葬一切腐朽与没落。《蚁生》之中的超人失败了，但对人性与理想社会的探讨却不会由此停止。相反，我们每得到一个深刻的教训，在前行的路上就将少一点弯路。

《蚁生》用真实的背景表现一个科幻的故事，环境和生活细节的"真"给了故事如纪录片般的"实"。这就是科幻小说中文学性的最佳体现。

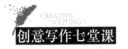

NO.2 科幻文学中的人物

文学的价值观要通过情节、人物和环境来体现，这也是小说的三要素。科幻小说中的人物，经常会被人诟病，最常见的指责就是人物没特色。

其实这是对科幻小说特质的一种误解。

前文我说过，科幻小说要表达的是科技发展对人类的影响。这种影响可以是近期的，也可以是远期的，它完全不受时空的管束。因此就算小说呈现的是几十亿年后没有人类的地球，仍然达到了小说的目的。

然后，科幻小说关注的，是全体人类的未来，个体在这其中，只能是人类集体的缩影、一个代表，作为一个符号起说明的作用。

还有，科幻小说中的人物，不一定是"人"，还可能是机器人、外星人、克隆人，或者鲸鱼、桦树、细胞……万物皆可能成为科幻小说的主角。在年轻作者一骑星尘的小说《城与飞鸟》中，人类为了躲避核辐射建立的地下城不但具有智慧，还有飞天的梦想！有一篇科幻小说中，甚至一整颗星球就是一个智慧体！

要知道，人类对生命和智力的认知还远远没有达到尽头，而且在自然的生命体外，人类还在创造生命体，这些认知和创造的过程，本身就是绝好的科幻题材。

所以，科幻小说中没有人物，只有角色。这个角色的功能和作用，要根据小说的需求来设定。有没有特色，得看对小说的成功有没有影响。它如果只是条线索，起穿针引线作用，那就不需要特色，如果太过特色鲜明，以至引起读者关注，那反而是喧宾夺主。

不过，虽然科幻小说并不太看重人物塑造，但并不等于在描写人物上可以敷衍了事。而且往往是科幻小说作家想描写人物，但场景没有多少发挥余地，只能蜻蜓点水，泛泛而谈。可以说，有时候作家甚至是拘谨的，无法伸展手脚去塑造人物。

我曾经应报纸所邀，写一篇4 000字左右的科幻小说。我选择了"引海水入内陆"的科技梗，这是个可以写得很大的梗，但我只有4 000字的篇幅。我必须从很小的一点入手，以小见大。科幻小说无论写科还是写幻，都必须在价值观上能立住。既然是"引海水入内陆改造生态环境"，要么写技术，要么写人。时间紧迫，我没有更多精力去研究技术问题，但看了一大堆相关资料后，我对搞技术的人发生了兴趣。对科研人员来说，要做成一个耗时长久的工程，需要毅力、坚韧还有热忱，这些精神品质的背后，是信仰在支撑着。失败者有千百种理由，成功者却只有一个原因——那就是从未改变的初衷，一直保持的信仰。

于是，我创作了《听布谷鸟叫》这个故事，4 423个字，像春天里的一枝迎春花，有着蓬勃向上的精气神儿。故事很简单，两个做引海水入内陆改造环境项目的科研工作者，一男一女，还是情侣，他们离开院校到平泉实习。平泉是乡下，自然条件恶劣，村民也不支持，这两个人遭遇到了极大的困难。男人气馁了，放弃了，回城市了。女人却留了下来，

坚持执行项目，还结婚育子，扎根农村。多年过去，这个项目成功了。男人作为理论上的专家，来到平泉，与女人重逢。

这是不是很像某个报纸上的科技人物报道？男人和女人可以写出很多故事。但我只有巴掌大的篇幅，我必须在螺蛳壳里做道场，挑最重要的说。

重要的是要写出女人的信仰：我不能一走了之，要留下来帮助村民。因为科学研究的目的就是让老百姓生活得好一点。

然而，信仰如果不用生活的细节来表现，就会成为僵硬的大话、空话和假话。细节还应当生动自然、令人心悦诚服。我没有表现女人的苦，卖惨并不是正确的表现，坚持自己信仰的这个过程，应该是精神愉快的过程，尽管物质上会因外界条件而匮乏，但内心深处的充实感却无法替代。因而，我笔下的女人虽然已经有了鱼尾纹，但在皱纹之间却呈现出青春的气息。

能描述她的文字不多，修改来修改去，只留下这一段：

> 一树桃花在办公室门口俏丽地开着，她连声赞美，好像那是世界上最美的花。
>
> "那您就在花儿前照张相。宣传部要您张照片，您老是说没有。"区长说着就拿出相机。她拗不过区长的热情，只好理平运动服的褶皱，叉开手指梳紧贴头皮的短发。办事员和会计都挤到院子里来瞧。大家给她出主意，教她怎么摆姿势，怎么拿架子。她在阳光地里站定，特别好脾气地任由大家摆布。区长要按快门的时候，技术推广站的老师跑来非要把新买的衣服给她换上。红色的毛呢连衣裙紧紧卡住她的腰和胸，让她喘不上气。加上一双农业银行出纳的高跟皮鞋，她觉得自己多站一

分钟都会晕倒。

她很快就从计算机终端上看到了照片——她站在艳艳的桃花下，像一只结实的水桶，但是那脸上洋溢的笑容却比桃花还要灿烂。

这位女科研工作者，不修边幅，不讲究穿戴，随和亲切，岁月已经改变了身材，但没有改变她脸上的笑容。我不用再多写什么了，只有相信自己做得对的人，才会即便胖得如水桶，脸上依然笑如花开。女性在精神上的强大，浮出纸面。

《听布谷鸟叫》故事中的两位科研工作者都没有姓名，用性别代替了名字。这就超越了他们个人的行为，而变成两种态度、两种人生的代表。

说到价值观方面对人物塑造的影响，我再举一个例子。还是我自己的科幻小说，作品名字叫《天隼》。在小说开头，我引用了英国作家高尔斯华绥的一句话："高尚情操，这仅仅是一个词呢，还是奉献出自己幸福的人才会有的一种感觉？"

这篇小说有两万字，写了三个人，一个侧面描写的传统英雄——舒鸿，他是英雄的宇航员和敢于断腕的勇士，在最后的危急关头选择了牺牲自己；一个正面出现的女孩——流云，坚韧、自强、无畏，敢爱敢恨，具有现代女性的一切特点；一个引出故事的主人公——任飞扬，在追寻舒鸿的过程中，他也找到了迷失的自我，找回了刚强的自己。和《听布谷鸟叫》瞬间的相遇不同，这三个人经历了数年的命运起伏，如何去塑造他们的高尚情操？

我找到了这篇小说的创作手记，大家可以从中体会如何去创造科幻小说中的人物。

关于《天隼》

《天隼》的创作动机始于1997年。

最初的《天隼》只有爱情。

宇航员的爱情。他们将忍受平常情侣没有的两星相隔。那因职业而生的巨大责任感和使命感,将成为爱情的巨大考验。

我崇尚的爱情,并不仅仅是两情相悦,执子之手,彼此拥有,更要在一份伟大事业中的并肩扶持与相互激励。

这样的《天隼》写了一个开头,以女主人公流云的第一人称叙述,有激情,有生活的细节。但没有故事。

故事是小说的基础。哪怕是科幻小说,也不能缺乏故事。

因而我开始构思故事,一个关于宇航员流云和舒鸿的故事,又写了两个开头。现在,全然不记得这两个开头的意图是什么了,只是从文字中揣度,大概是想间接引出流云与舒鸿,并且已经有了天隼号出事的想法。

流云与舒鸿的故事,究竟是怎样的呢?他们的爱情遭遇了哪些劫难,又如何保持与升华?

我需要一个出发点,一个事件。

天隼号是要出事的,但是怎样的事故?对男女主人公的命运又会有怎样的影响?

我心头一片乱麻,没有方向。

家里有大量19世纪和20世纪初的欧美小说,那是培养我文学能力的土壤。当我的《天隼》卡在故事之中的时候,我随手从书架上拿了一本小说翻阅。这本小说,是英国作家高尔斯华绥的《殷红的花朵》,讲述了一个人的三段爱情,从心动到拥有，从拥有到放弃或者坚持，每个阶段都有艰涩的心路历程，都有旖旎的风光和幸福的瞬间。

在小说里，我看到这句话："高尚情操，这仅仅是一个词呢，还是奉献出自己幸福的人才会有的一种感觉？"

就是这句话了，我找到了《天隼》的核心。

高尚的人之所以高尚，是在于他们将自己的幸福与大众的幸福联系在了一起，他们的爱情倘若脱离了社会，脱离了他们所承担的责任和使命，就会死去。

流云和舒鸿，是我要描述的高尚的人。

于是，故事有了，人物有了，结构有了。我终于可以下笔，将心目中的《天隼》一气呵成。在创作中，发现爱情已经远远不能涵盖主人公们的情感，遂将小说题目中的"情事"两字删去。

《天隼》其实是两个故事，一个是流云的故事：她从一名宇航学院的毕业生成长为最好的宇航员，为了抢救天隼号上的同伴而牺牲。一个是任飞扬的故事：他作为天隼号的船长，因天隼号事故而被判刑，刑满出狱后不断寻找治疗精神创伤的方法。两个故事的连接点，是象征宇航事业的天隼号与象征宇航精神的舒鸿。

我一向认为，人类走出地球的大宇航时代，是必须强调集体合作团结、个人利益服从整体利益的，在每一个宇航员和每一艘宇航飞船的背后，都有上千万的企业和技术人员的支持。因而，宇航时代的任何太空活动，一定是从国家利益或者全人类利益出发，人的私欲在这种整体利益前将十分渺小。

《天隼》中人物的高尚，便在于他们克服自己的私欲，将个体的幸福让位于整体的需求。这样的人，以及这样的人所代

表的精神，曾经被社会广泛宣传与推崇，但在金钱至上与个人主义泛滥的社会风气冲击下，一度变得稀罕起来。因此，即便是现在，《天隼》依然具有鲜活的社会意义，它经受住了时间的考验。

《天隼》是一篇反映大宇航时代背景下人的命运的科幻小说。科幻小说是以关怀人的未来为使命的小说体裁，在其框架中，强调技术对人的影响与强调人在技术环境下的生活是两种创作方向，所谓硬科幻与软科幻的生硬分类，便是从这两个方向上产生的。其实，技术与人的互动性很难截然分开，在《天隼》中，天隼号的遭遇是科幻，流云驾驶宇航飞船飞到土星环是科幻，舒鸿的脑子参与工作是科幻，这些科幻没有技术环境的保证根本无法实现，而那些技术也只有通过这些科幻事件才得以具体的展现。

前文中我讲到的《中国太阳》中的水娃和《蚁生》中的颜哲，都塑造得很生动立体。所以并非科幻小说不去塑造人物，而是有没有需要去塑造人物。一旦有需要，就会有符合故事所需的生动的人物形象。至于说到"人物单薄，不能给人深刻印象"等问题，恰恰是科幻小说的特质之一，因为在许多科幻小说中，单一的人只是符号，是同类人的集中体现。

阿瑟·克拉克的名篇《2001太空漫游》中，宇宙飞船中的两名宇航员除了名字，他们似乎没有任何个性上的特点。他们仅仅是起到符号的作用。这篇科幻小说的描写对象是宏大的宇宙环境，笔墨落在对环境的描写上，"人"就会变得微不足道。而这正是小说的目的所在。

NO.3 科幻小说的审美体现

前面我们说到过科幻小说的审美是奇观,而文学的最基本功能就是审美作用。文学的教育作用、认识作用都是以审美作用为前提,因此科幻小说的文学性必定要通过对奇观的描述来达到它的审美作用。

对奇观的设想是科幻小说所必须的。科幻作者一方面要有足够丰富的想象力,一方面又要有卓越的文学表达力,这样才能对超出日常经验的现象进行科学的形象的虚构,令读者产生身临其境的通感。

一提科幻的奇观,很多人会想到刘慈欣,他的奇观设计在作品中比比皆是。比如他的短篇科幻小说《诗云》,想象用整个太阳系物质来建造的"诗云"是这样的:

> 诗云发出银色的光芒,能在地上照出人影。据说诗云本身是不发光的,这银光是宇宙射线激发出来的。由于空间的宇宙射线密度不均,诗云中常涌动着大团的光雾,那些色彩各异的光晕滚过长空,好像是潜行在诗云中的发光巨鲸。也有很少的时候,宇宙射线的强度急剧增加,在诗云中激发出粼粼的光斑,

这时的诗云已完全不像云了,整个天空仿佛是一个月夜从水下看到的海面。地球与诗云的运行并不是同步的,有时地球会处于旋臂间的空隙上,这时透过空隙可以看到夜空和星星,最为激动人心的是,在旋臂的边缘还可以看到诗云的断面形状,它很像地球大气中的积雨云,变幻出各种宏伟的让人浮想联翩的形体,这些巨大的形体高高地升出诗云的旋转平面,发出幽幽的银光,仿佛是一个超级意识没完没了的梦境。

奇观包含的,可以宏观也可以微观,可以自然也可以人工,但它是我们不知道的,在日常经验之外的,仅仅是科幻作家幻想力思维的产物,所以它需要精妙的组织、细致的描写。我说科幻小说中的人物常常只是串场的符号,原因就在于此。科幻小说的文学审美必须从奇观开始。

奇观在科幻小说中随处可见。对奇观的考量成为科幻作家是否成熟的标志之一。下面这段奇观的描述来自郝景芳的短篇科幻小说《北京折叠》。这位既学过物理又学过经济的年轻作家,语言中自然带着一种冷静:

晨光熹微中,一座城市折叠自身,向地面收拢。高楼像最卑微的仆人,弯下腰,让自己低声下气地切断身体,头碰着脚,紧紧贴在一起,然后再次断裂弯腰,将头顶手臂扭曲弯折,插入空隙。高楼弯折之后重新组合,蜷缩成致密的巨大魔方,密密匝匝地聚合到一起,陷入沉睡。然后地面翻转,一小块一小块的土地围绕其轴,一百八十度翻转到另一面,将另一面的建筑楼宇露出地表。楼宇由折叠中站立起身,在灰蓝色的天空中像苏醒的兽类。城市孤岛在橘黄色晨光中落位，展开，站定，腾起弥漫的灰色苍云。

《北京折叠》中，整座城市发生的巨大改变，场面十分壮观。说起来，语言方面的冷静，韩松要更进一步，达到了冷峻的境界。读他的小说，常常和他的主人公一起，陷入奇观之中无法自拔。他笔下的奇观带给读者的，不仅仅是震惊，还有一种痛彻心扉的宗教感和无法归属的绝望感。

他的早期作品《宇宙墓碑》中，奇观带给主人公的影响是一点点渗透的，就像一个人对烟草上瘾，在反反复复的自我警告中仍然无法放弃烟草，哪怕最终死于肺癌。

初见宇宙墓碑时，主人公还年幼：

> 我很清楚地记得，我们在一段几千米长的金属墙前停留了很久，跟着墙后面出现了意想不到的场面。
>
> 现在我们知道那些东西就叫墓碑了。但当时我仅仅被它们森然的气势镇住，一时裹足不前。这是一片辽阔的平原，地面显然经过人工平整。大大小小的方碑犹如雨后春笋一般钻出地面，有着相同的黑色调子，焕发出寒意，与火红色的大地映衬，着实奇异非常。火星的天空掷出无数雨点般的星星，神秘得很。我少年之心突然地悠动起来。

此后多年，主人公执迷于宇宙间各式各样的墓碑，甚至谈恋爱时也不忘带女友去参观：

我们来得正是时候，地球正从月平线上冉冉升起，墓群沐浴在幻觉般的辉光中，仿佛在微微颤动着，正纷纷醒来。这里距最近的降落场有 150 千米。我感到阿羽贴着我的身体在剧烈战栗。她目瞪口呆地望着那幽灵般的地球和其下生机勃勃的坟场。

终于，一座墓碑从众多墓碑中凸现，群像的奇观变成了单一的奇迹，主人公对宇宙墓碑的多年情感亦质变为哲学层面上的思考。这意味着，他从此对宇宙墓碑兴趣索然，再也不会踏出探寻更多它的脚步：

我常常被这座坟奇特的形象打动。从各个方面，它都比其他墓碑更契合我的心境。一般而言，宇宙墓碑都群集着，形成浩大的坟场，似乎非此不足以与异星的荒凉抗衡。而此墓却孑然独处，这是以往的发现中绝无仅有的一例。它位于该星系中一颗极不起眼的小行星上，这给我一种经过精心选择的感觉。从墓址所在的区域望去，实际上看不见星系中最大的几颗行星。每年这颗小行星都以近似彗星的椭圆轨道绕天鹅座α运转，当它走到遥遥无期的黑暗的远日点附近时，我似乎也感到了墓主寂寞厌世的心情。这一下子便产生了一个很突出的对比，即我们看到，一般的宇宙墓群都很注意选择雄伟风光的衬托，它们充分利用从地平线上跃起的行星光环，或以数倍高于珠穆朗玛峰的悬崖作背景，因此即便从死人身上，我们也体会到了宇宙初拓时人类的豪迈气概。此墓却一反常规。

这一点还可以从它的建筑风格上找到证据。当时的筑墓工艺讲究对称的美学，墓体造得结实、沉重、宏大，充满英雄主义的傲慢。水星上巨型的金字塔和火星上巍然的方碑，都是这种流行模式的突出代表。而在这一座孤寂的坟上,我们却找不到一点这方面的影子。它造得矮小而卑琐,但极轻的悬挑式结构,却有意无意中使人觉得空间被分解后又重新组合起来。我甚至觉得连时间都在墓穴中自由流动。这显然很出格。整座墓碑完全就地取材,由该小行星上富含的电闪石构成,而当时流行的作法是从地球本土运来特种复合材料。这样做很浪费,但人们更关心浪漫。

另一点引起猜测的便是墓主的身份。该墓除了镌有营造年代外,并无多余着墨。常规做法是,必定要刻上死者姓名、身份、经历、死亡原因,以及悼亡词等。由此出现了各种各样的假说。是什么特殊原因,促使人们以这种不寻常的方式埋葬天鹅座α星系的死者?

我认为,韩松是中国目前最好的科幻小说作家之一,他的作品,将科幻小说的文学性审美发挥得淋漓尽致。究其原因,是他对中国社会的现实性以及人性有深刻的认知,他笔下的奇观,是异化的现实世界,容纳着我们内心隐藏的最黑暗的欲望。

NO.4 科幻小说的本土化

近年来,中国科幻小说在海外频频获奖,海外发行也取得了不错的成绩。越来越多不同民族、不同语言的人读到了中国科幻小说。这对他们来说,如同新大陆,能深切感受到中国科幻文学与西方科幻文学的巨大不同。中国科幻文学提供了一种新的观察和理解生命的方式。

法国《新图书杂志》的专栏作家、文学评论家亚历克西斯·布罗卡斯评论称,中国科幻作品呈现的是中国人看待未来科技的态度、如何处理科技与人类的关系、如何看待人和宇宙文明的关系,这其中包含的中国式道德与价值体系,将帮助读者更加深入地了解当代中国和中国人。从这个角度来说,科幻小说是反映中国社会变化的一面镜子,也代表了世界对于中国未来在宇宙秩序中所扮演角色的期待。

外国读者看中国科幻是好奇,中国科幻作品不但有,并且从数量、题材、质量上来说都颇为丰富,这本身就成了一个奇观。

而我们中国读者看外国科幻呢?科幻小说是舶来品,1903年,鲁迅先生翻译了凡尔纳小说《从地球到月球》并撰写了《月界旅行·辨言》,将科幻小说这一文学形式引入中国,并认为"导中国人群以进行,必自科学小说始。"科幻小说肩负着引领中国人前行方向的重任进入中国。中华人民共和国成立后科幻小说学习苏联，改革开放后又学习英美，与科学技术的学习潮流一样，崇拜苏联渐渐变成了崇拜英美。20 世纪 90 年代，书店里都是英美科幻小说，鲜有中国人自己写的科幻作品，即便有，也是在儿童文学的条目下。

中国科幻那时候与外国的差距，并不差在文章技巧上，而是差在对工业社会科技时代的感知上。这个是没办法的事情，当时国家的科技水平确实比美国差一大截，民众生活水平也差许多。人家楼上楼下已经电灯电话，我们好多地方还不通电。记得那时我父亲去美国考察，回来说那里就像是电影中的科幻世界。

现在呢？现在有些国家的人到北京来，感慨北京像外星城市。我们的科技水平日新月异，那么与科技共生的科幻呢？

文学的审美离不开地域文化，没有特定时空标志的文学作品，即便是科幻小说，也会迅速被时空淘汰。

星河是 20 世纪 90 年代中国科幻圈里的活跃分子，中国科幻赛博朋克风的开创者之一，在 21 世纪将要到来的时候，他就建议科幻小说不宜简单仿效外国，应有本土风味，他希望自己能走出一条创作"中国本土科幻作品"之路。

来看看他的这篇科幻小说《山山水水》，小说虚构了一个大西线调水工程：

> 大西线调水路线的地形特点是多水的西南地势高、缺水的西北和华北地势逐级降低，这就形成了一个从西南向东北倾斜的有利于区域间调水的大环境——从比例稍微大点的地图上就能很明显地看出来。从雅鲁藏布江到黄河，直线距离近百万米，实际流程还要加倍，可整条线路低平顺直，引水可全靠自流实

现。在个别爆破点搞人工塌方堆石筑坝，堵江溢流，施工简单。所以几天后的大西线第一爆是整个工程的头等大事，也是星河负责区段的一道重要工序。这一步完成了，剩下的事黄河他老人家自己就能干了。

这个工程是中国独有的，关系大西北千万人的生计。它从设计到完成，都应该是中国思维，体现中国人的策略和智慧。而这种人造的奇观，因为太过现实感，需要对科技进行缜密的又不能生硬的描写，非常考验写作者的叙事能力。

星河因此引入了一个固执的科学家郭威，他和工程负责人星河组成叙述双人组，推动情节的发展。这两个人的思维方式是中式的，遇到的各种事端也是中国人的个性才能闹起来的，最后，为了试验用来爆破岩石的生物软化液，郭威献出了生命：

一声巨响，油罐车被炸裂，湛蓝色的液体如喷泉般洒向山间。郭威被巨大的冲力甩到一边，甚至来不及因灼伤而痛叫一声。在他眼里，弥漫着对未来的无限憧憬——

巨大的山岩在顷刻间失去刚性，软化坍塌，几千年来第一次以流体的形式存在。它们还会再次凝结，但那需要漫长的时间，这段时间足够它们沿着第二黄河的河道一直奔向东海。第二黄河，你没有起到清理黄河的作用，却承担了输送高原岩流的使命。

郭威身体下的岩流缓缓蠕动，而且有些发烫。郭威试图爬出这片试验田，但他发现越是挣扎陷没的速度越快，只得无奈地停止努力，眼看着自己被岩流包裹得越来越深。

滑动的山体顷刻间土崩瓦解，浩浩荡荡的岩流沿着自己设计的道路，借道第二黄河，出青藏，过陕晋，穿越华北平原，直奔齐鲁大地的新出海口。唯一的遗憾是这条道路有些绕远，在有些地方还会发生淤积，但是自己已经尽力，剩下的事情就由别人去做吧。

经过漫长的跋涉，这些岩浆终于望见了大海。时间刚好够让它们在欢欣鼓舞之后稍做歇息，接着便在东海的海岸线处沉积凝结。它们可以被称作岩流岩吧——一种混合着微生物尸身的新成岩体。

东部国土的面积被一点点扩大，而青藏高原，将最终变为低海拔的一马平川。

是的，高原气候会因此改变，生态环境会受到影响，许许多多原生态的东西都会面临大规模的修改。可为了更多的生命、更好的发展，这些牺牲是必要的。即便是你们的大西线调水工程，不也一样有着青海湖般的死结吗？从这点上来说我们是一致的啊，星河。

我们敬畏自然，我们爱护自然，只是为了更好地利用自然、改造自然，而不是那种所谓天人合一之类腐朽发臭的东西。

本土化并不仅仅是小说中的人起中国名字，吃中餐，住四合院，而是将追着英美行动的目光转移到自家的地盘上，看看自家人的遭遇、自家人在科技发展中遇到的问题、自己家对未来的期许……还有，就是找到自家人的价值观。

《三体》中的黑暗丛林法则，一度被捧为职场之道，但热潮退却后人们发现，这个法则不正是西方弱肉强食强盗逻辑的翻版？这个不是

我们东方的价值观,难怪最终《三体》宇宙只能毁灭殆尽。

东方的价值观,我在这讲一开始就谈了,是"天下为公""天下大同",是"求同存异""和而不群",尊重差异,和睦共存。在当今时代,就是打造人类命运共同体,共存共赢。

立足于这个价值观上,才能理解中国科技的飞速发展,并且看清未来中国的轮廓,写作最具有中国特色的科幻小说。

NO.4 科幻小说中的现实和反现实

这个小标题看上去有点矛盾。科幻小说是幻想性文学，怎么可能有现实？这个现实来源于创作者。创作者不可能真的生活在他幻想的世界中，他任何的虚构都无法摆脱自身的背景。

科幻小说的现实，我指的是两种情况。一种是在虚构的幻想文字中构造令读者迷惑的真实感，从而使故事更为合理，更被读者信以为真，这是"科幻现实主义"。另一种是将现实扭曲，借助科幻的虚构能力，把最极端的可能展现给读者，可以称其为"现实科幻主义"。这两种创作实践活动在近几年都颇为活跃。

学者任东梅在她的《新世纪以来中国科幻小说的现状及前景》一文中指出，郝景芳用"某种不同于现实的形式探索现实的某种可能"，以科学技术为温床，观察人性和社会在高度假设的特定情况下的发展演绎，可说是"科幻现实主义"的代表作。而提出并倡导"科幻现实主义"的陈楸帆，则创作了长篇科幻小说《荒潮》，小说里对下陇村垃圾人的描写，令人触目惊心。科技的发展使阶层之间的鸿沟越来越大，挡在人与人之间的除财富、教育程度、优越感之外，还附加了科技带来的身体官能的跃升。虽然《荒潮》有着强烈的赛博朋克风格，其叙事风格也偏西化，但小说对于科技、资源、环境、资本、宗族、阶层的探讨却都深深根植于中国现实。"所有的未知之地都既是经验又是想象"，陈楸帆用科幻的视角提出了最尖锐的时代问题，完美实践了"科幻，是人类最大的现实主义"这一论断。

《荒潮》篇幅很长，不好节选。我在这里选择陈楸帆的另一篇小说《匣中祠堂》的片断，大家领略一下他作品中的"科幻现实主义"色彩。

小说开始，主人公"我"按照父亲的指导进入虚拟空间，那里有一座祠堂正等着他：

> 毫无疑问，这就是父亲临终前所记挂的那个地方，那方波光潋滟的水塘、官马拴、照壁上用彩瓷镶嵌出的梅花鹿、麒麟和展翅欲飞的仙鹤，灰白色大理石门框门斗，黑漆楠木牌匾上写着四个金光大字"黄氏宗祠"，还有屋脊、檐角上下姿态生动的各色陶瓷生物和神灵雕像，都让我大开眼界。

接着，"我"被系统要求激活父亲。

> 我跪在地上，目瞪口呆地看着父亲从牌位上挤了出来，就像阿拉丁挤出灯嘴。他似乎有点不太适应，摇摇晃晃地摆布着自己的胳膊腿，我这才看出这是个数字建模AI，而且是年轻十岁的父亲形象。

父亲给了"我"一个令我瞠目结舌的解释：

"你一定会想,这究竟是怎么回事。"看来不管我回不回应,程序都会照着脚本往下走,"三十年前,马先生开始了全球范围内的潮汕祠堂数字化工程,没错,就是那个马先生,他老家的祠堂可是够架势。他认为祠堂就像我们现在用的即时通信工具,在不同世代,不同地域的同宗亲族之间,起着无可替代的连接作用。可很多年轻人对祠堂的印象已经淡漠了,他希望借助技术,让祠堂焕发新的能量。"

父亲还有东西要给我看:

顺着他的手势,我望向那些大理石冬瓜柱,再往上是多年生的杉木大梁和子孙梁,而装点在柱头、横梁、斗拱、梁枋、梁柱、门楣之间的,就是黄家最引以为傲的金漆木雕。这种据传源自唐朝的工艺以木雕为基础,髹之以金,吸收中国画散点透视的技法,能够将不同时空的人事物组合在同一画面,通过多层次的镂雕技艺,亦虚亦实,来龙去脉,在方寸之间容纳天地。

我正纳闷父亲要我看的究竟是何物,只见那些木雕竟然活了过来,螃蟹沿着蟹笼循环往返慢爬,惊飞了枝头的喜鹊,八仙过海走了个之字型,遇见了正要上梁山泊的好汉,桃源三结义的兄弟出了门,两侧候着的是三迁的孟母和逐日的夸父,好一场穿越时空的大乱炖。我看着出了神,仿佛回到了父亲给我讲古的遥远童年。

"……您的意思是,金漆木雕也是一种历史的共时性叙事?"

"要我说,那就是讲古(故事)学古最好的方式,你还记不记得你小时候,躺在木雕床上,用手指沿着床头的雕花,咿咿呀呀学说话……"

我当然记得,那种坚硬冰凉的木质手感,还有凹凸不平的复杂花纹,构成了我童年对外部世界最初步的认知。那些精致的曲面与弧线引领着我的手指,穿过不同时代的人物与故事,无论虚构与否,都深深地印刻在我的记忆中,闪烁着金色的光芒。

传统与现实,科技与未来,就这样在陈楸帆笔下交融起来,成为一个不可分割的具有哲理的未来。

《匣中祠堂》是陈楸帆参加 2019 年科幻春晚的作品。科幻春晚是一个绰号"未来事务管理局"的科幻文化公司组织的创作活动,从 2016 年开始,每年春晚都搞一次,每次的主题都不一样。2019 年科幻春晚的主题是"故乡奥德赛",将故乡、远游和春节联系在一起,做了一次科幻现实主义的先锋文学试验。科幻春晚试图将科幻这一体裁与中国元素结合起来,创造出中国自己的本土化科幻风格。

"现实科幻主义"的代表,当然非韩松不可。他的科幻小说充满了暗喻、隐喻,以极端、扭曲和诡异的方式揭露中国社会在现代化进程中所遭遇的种种问题,以及科技给人带来的异化。他尤其喜欢用交通工具来表达这种异化,大概是因为交通工具的封闭性和高速运动性,便于提供一个极度压抑和极度不稳定的空间。韩松写了《地铁》《高铁》和《轨道》,我猜想下一本应该轮到《飞机》了。

但韩松没有写《飞机》,他放弃了交通工具,把目光投向了医院,写出了长篇科幻小说"医院三部曲",包括了《亡灵》《医院》和《驱魔》。医院和医疗构成的复杂共生体系，是现代人最为关切的生存必需品之一。韩松以他犀利的文笔、魔幻的叙述，用科幻的思维，把现实中的荒诞重新组织成为具有强烈逻辑性、理性的东西。

科幻小说理论家达可·苏恩文认为科幻是这样的："从根本上看，科幻小说是一种发达的矛盾修饰法，一种现实性的非现实性，要表现人性化的非人类之异类，是根植于这个世界的'另外的世界'，如此等等。"

这是对科幻小说文学性的最深刻认知。

总之，科幻小说的文学性在当代科幻作家的努力下，越来越丰富多彩，正使更多读者聚拢过来，领略小说中的奇观世界。

正如诺贝尔奖获得者和科幻小说迷赫尔曼·穆勒博士说的："透过科学的眼睛，我们愈来愈领略到：现实世界并非如人类童年时所见的、秩序井然的小花园，而是一个奥秘绝伦、浩瀚无比的宇宙。如果我们的艺术不去探索人类正在闯入这大千世界时所碰到的境遇及反思，也不去反映这些反思带来的希望和恐惧，那么，这种艺术是死的艺术……但是人没有艺术是活不下去的，因此，在一个科学的时代里，他创造出科幻小说。"

科幻使人们感受到宇宙的宏大，使我们终于有一天在下夜班的路上停下来，长久地仰望星空，感受着宇宙的深邃和未知，思考人类的生命意义与存在价值。

第六讲
科幻小说的速成秘诀

NO.1 一般小说怎么写

NO.2 科幻小说的特殊之处

NO.3 都是套路

NO.4 短篇还是长篇

附：偷桃

从科幻的概念、类型，到科幻小说的"科""幻""文学"，我把科幻小说是怎么回事儿给大家捋了一遍。鉴于科幻小说是一个完整学科，我所讲的，只是我对科幻小说最基本的理解，给科幻小说的入门者带个路。说到带路，可能已经有读者着急了："我是来学写作的，你絮絮叨叨这半天了还没教我怎么写！"

这一讲就来教你具体写作。不过，我还得絮叨两句，学习理论，是学习事物建构的方法，绝不是可有可无的。你可以做衣服之前不学服装的历史、美学、材料等知识，直接拿模板裁剪衣料再去缝纫；你也可以做饭之前不学烹饪历史、营养学、饮食心理学等，直接拿半成品来下锅完成最后的加工。做衣服和做饭这样都没问题，有的只是裁缝和设计师之间的区别，做饭的和烹饪大师之间的区别。对于写作来说，知道为什么这么写，和知道这么写，这两者之间的区别，就是作家和作者的区别。

对于科幻作家来说，知道为什么这么写还不够，他还要不断突破自己的选题和写作方法，他无法像传统作家那样一旦有了成功的作品，就有了一条保险的创作路径，只要不断重复就可以。科幻创作的目的决定了，科幻作家必须跑到时代的前面去，想要有好的作品，就不能待在原地，就必须不断创新。科幻作家没有舒适区。不断挑战自我，发现新的疆域，探索全然不同的幻想世界，这既是科幻创作的难度也是科幻创作的魅力。

现在，就拿起你的笔或键盘，开始最有趣味的思维活动，创造一个你自己的独一无二的幻想世界。

NO.1 一般小说怎么写

我国教育，学生时代的写作叫作作文，就是怎么写文章，从小学的记叙文到中学的议论文，教师们费尽心血，一字一字教学生如何掌握各种文体，说明事理或者抒发情感。

我一直觉得这样的作文教育，上层设计与教学内容，都是挺好的。要是认认真真学下来，不能成为作家，也应该是不错的写作者，起码比现在网络上大部分自媒体编辑和大部分网络小说作者的水平要高。可惜的是大部分学生把作文当成知识，没有转化为能力，毕业后便和其他学科知识一起束之高阁，渐渐地都忘记了，成年以后再提写作，除了"提笔无从开始的茫然"记忆，就再没有别的经验了。

所以我们现在要开始写科幻小说，还得把怎么写小说快速复习一下。小说历史和创作理论一大堆，我就不说了，我只谈实践，拿现在的流行说法，就是如何具有实操性。

首先是积累。

学生时代的积累是摘抄文章，好句子好段落都一丝不苟抄在本子上，不一定会随时看，但是好记性比不过烂笔头，抄一遍多少都会有

些记忆。到成年工作了，摘抄习惯很难保持，碎片时间都拿来刷短视频看短文章，积累下来的，就全是支零破碎的影像文字，连缀不出东西。这时候，也得积累，就只能在写的过程中攒知识，而不能像学生时代"读书破万卷，下笔如有神"，或者"熟读唐诗三百首，不会做诗也会吟"。

在写的过程中学，在学的过程中写。甭管是不是烂文章，先写出来再说。这就是对写作者的第一要求。有无数想法，就是不付诸让想法变成文字，那就永远只停留在"想"的阶段，终究一文无成。

跨了多个类型写作的马伯庸，是近年来文坛最活跃的作家之一。他说写作必须有想法就动笔，不必等到想法成形："这有点像薛定谔的猫。它只有在纸上或屏幕上被写出来的瞬间，才会坍缩成确定的、凝结的文字。你脑海中的想法才会因此固定下来，让一个故事开始生长。"

不光要及时动笔，而且不必要求把资料都收集齐全了再动笔。看看马伯庸是怎么写作的：

我最新的一本书是关于明代大运河的——为了写好，我搜集了大量的资料，打算熟读几遍。

但明代漕运是个超级大坑，最基本的原始文献，比如杨宏的《漕运通志》、席书的《漕船志》、王琼的《漕河图志》之类的，得看完吧？涉及朝政的实录、奏牍得读吧？明人笔记里记载的各种八卦得挖吧？漕河沿途各地的风土人情得了解吧？船工拜什么神，把总怎么行船，瓜洲当时的盐商画舫什么样？淮安的五坝还有没有，天津到通州怎么走，都得查清楚吧？地方志得扫一扫。杨正泰先生的《明代驿站考》，怎么也得跟着在地图上跑几遍吧？还有涉及周边的盐政、食货、钱法、治水、军政、驿政资料总得看吧？最近有没有新的考古成果，也得各个学术库里扒拉一遍。

每一次我觉得差不多可以动笔了，心中总会有一个不安的声音："还有好多资料没看呢，万一里面有被遗漏的好素材，或者推翻你设计的重要线索怎么办？"我只好继续读，忍不住怀念起从前写三国的快乐——两汉加魏晋的文献才多少？

就这么一边看，一边琢磨，三四个月过去了，心里还没踏实到可以动笔。我一看时间拖得太过分了，只好硬着头皮开始写。写着写着，情况发生了微妙的变化。原来没有成形的故事，所以我看资料无的放矢，只能尽量求全，疲惫不堪；现在故事开始写了，我一路写着，一路产生了无数需求。比如主角到客栈要住店了，好，我去查查当时的宿店习俗；主角要出发了，我再查查当时用什么宝钞；主角遇到化装成和尚的坏人了，好，我去查查当地的方志，看附近有没有适合隐蔽的寺庙。甚至我还碰到一件事，主角要过某一条河，我设计了个巧妙的桥段让他渡过，顺便查了一下水文资料，然后发现……糟糕，这里要几十年后才疏浚成河，前头的设计全要推翻重来，只好哭着掉头回去重新写。

你会发现，无论写什么，资料是永远看不完的。更重要的是，你不动笔，永远不知道自己到底需要哪些资料、如何做出取舍。

写作过程的辛苦就在于此。要求真求实，每个细节都需反复斟酌，设想周全。所以作家常常是杂家，因为写完一个题材，这题材涉及的知

识，不能说是精通，也大致了解个七七八八。

想了就要写，写出来还要反复修改润色，直到最接近想法，最能朗朗上口为止。

修改是写作过程中必须的过程。毕竟，能打了腹稿然后一气呵成一字不改的那是王勃——唐初四杰之一，诗有"海内存知己，天涯若比邻"，赋能"落霞与孤鹜齐飞，秋水共长天一色"，九岁就写了十卷文学评论。我们绝大部分人，是达不到王勃这个文学高度的。

接下来是编故事。可以采用提问法，尽可能多地问自己问题——问题会强迫你的大脑去寻求答案，让你慢慢清理出故事线索、角色和背景。你会得到故事发展的完整过程，并从中找出你最想表达的情感或者道理。

这些问题，我想了想，列出了一些，你考虑的时候，至少要回答这些问题中的三分之一。

A. 关于角色

1. 主角是什么人？

2. 主角最害怕什么？

3. 主角受伤了吗？

4. 主角得到了什么，失去了什么？

5. 读者为什么要关心主角？

6. 谁是对手？

7. 对手需要背景故事吗？

8. 主角和对手之间的主要冲突是什么？

9. 对手一直都是对手吗？他和主角的关系会改变吗？

10. 谁是配角？

11. 配角和故事有什么关系?

12. 角色所面临的身体挑战是什么?

13. 角色所面临的情感挑战是什么?

14. 角色所面临的身体和情感上的挑战有何关联?

15. 如果改变角色的性别,他的故事会更有趣吗?

16. 如果删除一个角色故事还能不能继续?

17. 如果主角患有身体疾病或残疾,他会更有故事吗?

B. 关于故事

1. 故事发生在什么时代?

2. 故事线是什么?

3. 故事是喜剧、悲剧还是正剧?

4. 故事从哪里开始?

5. 故事怎么开始?

6. 故事的结局是什么?

7. 在不同的时代,这个故事会更有吸引力吗?

8. 故事的主题是什么?就是它想表达的观点,比如"痛恨战争""爱是拯救一切苦难的力量""人生最重要的是要有责任心"……什么样的主题都可以,但只有高大上的主题才能写出高大上的文章。

9. 这个故事怎样能让读者读下去?

10. 故事发生经历了多长时间?如果在更短的时间内发生故事,会更有意思吗?

11. 故事有明确的节奏吗?就是发生、发展、高潮和结局吗?

12. 故事的节奏慢还是快？如果改变节奏，会有什么不同的结果吗？

13. 故事中是否有多余的情节可以删除？

14. 故事可以有其他结局吗？

15. 故事可能是一个系列的开始吗？

16. 如果我的故事是一个系列的开始，那么这个角色接下来的故事是什么？

最后，你特别努力地写出了一篇文章，别急着拿出来给人看，先放几天，让写作完成的兴奋劲儿过去。最好这几天你干点别的，彻底忘记这个故事。然后再回过头来看。这时候你要做的，是在无人的房间大声朗诵，修改错别字，润色不通的句子。然后，把和主题关系不大的情节甚至包括人物，一一删除。

你肯定会有冗余的文字，这个避免不了。在写作浸入整个世界后，谁都会信马由缰，只顾着放纵角色的行为语言，全然不去约束。这些与主题无关的文字会淹没对主题的表达，拖慢节奏，降低整篇文章的感染力，哪怕它字字珠玑，但只要与主题关联度差，请一定下手。对它们狠，对整篇作品就好。

我第一次体会到删减的妙处，是创作《猫》这篇小说。小说第一稿得到时任《科幻世界》主编的阿来指点，要我像给大树修枝剪叶那样梳理故事情节和语言。这篇小说最后定稿时大约减少了五分之一的篇幅，获得了读者认可，当年还得到了科幻银河奖。

这以后，我写作的态度就是初稿尽管放开了写，随便写，想到哪儿都行，甚至和制定的大纲差距十万八千里也无所谓。修稿时大刀阔斧，把主题、人物、情节，都刀劈斧砍得鲜明爽朗，一点都不可惜被裁减下来的文字段落。最近我改一个四万字的稿子，改了五稿，最后一稿，自己、编辑以及插图画家都觉不错，好，这才定稿。

清代"扬州八怪"之一的大书画家郑板桥，在书斋中挂了一副自写的对联，题曰"删繁就简三秋树，领异标新二月花"，主张以最简练清晰的笔墨，不同凡响的思想，表现出最丰富的内容。

这副对联，只要你打算搞创作，那就把它记住了，领会精神，终身受益。

NO.2 科幻小说的特殊之处

科幻小说既然是小说，当然一切写小说的方法和技巧都可以使用。但它又不同于一般小说，它写"别处的生活"。这个"别处"不是我们身边的现实，也不是任何他人或者历史的现实——那些都有资料可以借鉴核查的。这个"别处"纯粹来自创作者的想象。读者必须通过作者的文字，在自己头脑中复建"别处"，才能体会作品中各种角色的行为、语言和心理活动。

描写这个"别处"，就是科幻小说最特殊的地方，即必须构建一个自己的幻想世界。这个世界必须有一定的物理法则，所有的物体活动都要符合这个法则。而这个法则可能是我们现实世界法则的延伸升级，也可能和我们现在遵循的物理法则毫无关系，但它的运转必须是自洽的，不能自相矛盾。

科幻小说要花很多篇幅来解释说明这个世界，即故事的背景。在一般小说中，除非是历史小说，否则背景不需要过多交待，作者只需要给出时间，大家就能自动脑补出那个时间的世界情形，比如我有一个故事发生在2000年前后，马上，当时人们的吃穿用、城市的环境等，就会有一个大致的样子出现在读者面前。

但科幻小说显然不能这么说。我要说我的故事发生在 2089 年的比邻星附近，读者是完全没有概念的，因为读者想象不出来那个时间点的比邻星是什么样子。我只能先去描述这个背景，把我构建的世界讲清楚，然后再来设想角色以及角色和这个世界错综复杂的关系，最后构思情节，安排角色们跌宕起伏的命运。

有些科幻小说整篇都在讲述它构建的世界，角色只是这个世界的一个说明者。这是可以的。《小灵通漫游记》就是这样的作品，它构建的世界是近未来的地球，物理法则并没有改变，只是有许多新技术、新发明，从这个角度来说，它有点像一份近未来的生活说明书。

《与拉玛相会》则构建了一个巨大的外星飞船，它不是人类使用的作为交通工具的飞船，而是一个独立的内封闭循环系统，它的复杂程度远远超过了人类对一艘飞船的想象。拉玛世界处处令人惊骇。阿瑟·克拉克以抽丝剥茧的方式，通过人类探险者的视角，一点点将这个世界呈现在我们眼前：

> 过了两秒钟，这世界就被照明弹照亮了。这一次，他没有失望的理由了。
>
> 即使这枚 100 万烛光的照明弹也不能把这巨大的空洞照得通亮，但已足够使他抓住它大体的样子和鉴赏它那巨大的尺度了。他是处在一个至少十千米宽，长度还不能肯定的圆柱体里的一端。从他在中心轴线位置的角度来看，围绕他的是一个曲线的壁。他所看到的是这个被一颗照明弹照亮的整个世界的地平线。他要把这景象凝结在他心里。
>
> 这平台包围住他，由两边延伸到天顶会合。不，这印象是

错的，他必须放弃在地球上或太空中所熟悉的概念，他要适应这新的坐标系统。

他并不是在这奇怪的、反转过来的世界的最低点，而是在最高点。从这里看，所有方向都向下，而不是向上。如果他从中心轴的位置走向那弯曲的墙，引力便会逐渐增加。当达到圆柱体的内表面时，在任何点上他都能够直立，脚向着星际，而头朝着旋转的鼓的中心。这种概念是相当熟悉的，自从最早的太空飞行以来，离心力便被用来模拟地心引力。但把它使用在这么巨大的空间里总不免使人迷惑，甚至震惊了。最大的太空站，新克莎5号，直径还不到200米。对于这个大了100倍的尺度，他是需要一些时间来适应的。

这个包围着他的管状的地平线被光和阴影所显示出来的东西可能是森林、平原、冻结的湖或者城镇；至于远一点的地方，因为照明度减弱而难以辨认。窄的线条可能是公路、运河或者是修砌得很好的河，形成了隐约可见的地形网；沿着圆柱体一直到视线的尽端，是一圈更深的暗色的带。它形成一个完整的圆，绕过这世界的整个内部。牛顿突然想起了古人曾经相信过的那个传说中的环绕地球的大洋海。

探险者们逐渐深入拉玛世界，他们发现了海洋，目睹了日出、暴风……还有许多种机器生物：

蜘蛛是一种活动感受元件，起到看和摸的作用，监视整个拉玛内部。有一段时间曾经有几百只以高速度活动，但不到两天就几乎都跑光了，现在难得见到一只。

它们让位给一群更加醒目的家伙，要给这些家伙起个名字却极费心思。它们好像大脚掌的"洗窗工"，看来是专为擦亮那六条拉玛人造太阳而设的。它们庞大的影子横跨整个世界的直径，有时竟造成对面一端的暂时日食。

　　螃蟹像是"清道夫"，一队这样的家伙曾到过阿尔法营地，清除了四周的垃圾；要不是牛顿和麦瑟坚定地站在它们面前，双方紧张地对峙了片刻，它们会把一切都搬走的。此后，清道夫们似乎明白了哪些东西是允许动的，并按期来清扫。这倒是很好的安排，显示出高度的智慧——是清道夫自己，或是藏在某处的控制者。

　　拉玛处理垃圾的方法很简便：全部抛入海里，在那儿变成以后可以再利用的形式。整个过程极快，决心号一夜之间就不见了，鲨鱼同清道夫大概没有多大差别。

　　卢梭每发现一种新型的生物人，便用望远摄影镜头拍下一些精彩照片，心里会感到无比高兴。不幸的是，最有趣的品种都在南极那边，围绕着大角小角在干着什么神秘的工作。有些像带吸盘掌的蜈蚣，似乎在检查大角。卢梭在较低的尖峰上，又发现一种介乎河马与推土机之间的粗壮家伙。还有一种好像双颈的长颈鹿，其作用活像是活动的起重机。

读者跟着探险者的脚步，焦灼而好奇地期待着拉玛人的出现。探险者走进城市，切开一座建筑的墙壁，深入其中，他们看到水晶柱中的全息影像，以及拉玛人的宇航服：

　　在一个两米直径的柱子里面，是一件精心制造的战袍，或者说制服，很明显是为一种比人高得多的直立的物类穿用的。中间是一条金属带，围着腰或胸廓或地球上没有同等分类的部位，从这儿斜斜地向外伸出三条细筒，显然是为上肢而用——一共三只臂。

服装上还有很多凸出的袋盒、扣环、弹带之类的东西，从它们上面伸出一些工具，有管子、放电棒，甚至一些在地球的电子实验室里常见的小黑匣子。整套装备几乎像太空服一样复杂。虽然很明显，它只提供了它所供穿戴的物种的一部分。

拉玛人最终都没有出现。到此，作者完成了拉玛世界的完整构想。接着，拉玛就直奔太阳，充满能量后扬长而去。人类和地球就这样被冷漠无情地甩在了后面。

《与拉玛相会》要表达"人类并非宇宙的中心"的主题，它第一次摆脱了"外星文明与人类关系非战即统领"的束缚，提出一种新的关系。对拉玛世界的详细描述，是为了说明外星文明的先进性，从而反衬人类和其拥有的技术的微不足道。因此这样一部基本没有剧情，大部分篇幅都是在拉玛内部旅行的小说，出版以后非但没有遭到读者的排斥，反而被无数人赞为经典。因为通过宏大的拉玛世界，读者意识到自己的渺小和无知。面对无限宇宙、浩渺时空，人类的见识就像蚂蚁一样微不足道。

当然，并非每部科幻小说都需要详细描写自己构建的世界，往往这种构想都是隐藏的功夫——读者是看不到的。但是因为明晰了自己的世界，作者才能让角色拥有符合逻辑的行动方式和思维体系。

不过，别把构建世界这事儿想得很严重，毕竟你不是克拉克，用不着绞尽脑汁挑战人类现有的文明体系，你就当这是在构造一个游戏世界，而你是这个世界的主宰。这样可以轻松点儿。还有，当你无从下手建构一个世界的时候，你可以从角色入手。

说到角色，我在前面几讲中谈到，因为可能不是人，所以角色间的关系会有很多种，人与人，人与非人，非人与非人。

非人根据不同分类会有不同的名称。比如按照基础结构的原料分为碳基生物、硅基生物、硫基生物，等等，因为新陈代谢方式的完全不同，对能量的需求方式也会产生巨大差异。再比如按照地域分，就会有海底人、高空人、木星人，等等，因为生存环境不同而进化方向不同。

这里还没有涉及角色的性别问题。地球生物大多数是两性，也有单性，还有那种性别不定看需要的生物。

大众喜欢的故事一般是具有强烈冲突和转折、戏剧性强的，每个故事角色的选择都要包含四部分：危机、原因、考验和后果。科幻小说也是如此。而且由于科幻小说可以突破时空和种族的局限，角色遇到的危机和考验将更复杂、更棘手。

找到前几页列出的问题，回答它们，确定角色的行动线。然后，再来构思你的科幻世界。

顺便说一句，上来"就干掉地球"这种危机情节老没挑战性了，除非你能找到一个更新鲜的毁掉地球的办法。

NO.3\ 都是套路

好了,你都读到这里了,是到了该给你秘诀的时候了。虽然大部分作家对秘诀这类的东西都不以为然,但确实,市场欢迎套路产品,类型化文学就是这么产生的。网络文学网站写得最清楚,随便打开一个文学网站,在科幻这个目录下的科幻小说类型有:古武机甲、未来世界、星际文明、超级科技、时空穿梭、进化变异、末世危机,题材上总结得十分干脆,加上YY、金手指、代入感,就能写成网民欢迎的爽文。这种模式,拿句已经流行过了的话来说:"都是套路。"

科幻小说不是为了个人精神舒爽存在的,它是激发我们想象力的工具,启发我们对未来和人类的终极关怀。所以你要抛弃对网络文学网站上的科幻小说的兴趣,那个只是麻木你文学审美味觉的快餐。

还是踏踏实实来和我一起做正经的大菜吧!虽然开始会慢一点,但终有一日会上手。

回顾我的创作生涯,确实有时候为了赶时间交稿,我是使用了套路的。

第一种套路叫"改写和借用"。

古今中外的奇闻轶事很多，找一个来改写，用科学技术的思维方式重新解释，只要解释合理，剧情有趣，就可以成文。我建议找中国古代的，一是背景大家熟悉，不存在本土化的问题；二是对一个熟悉的老故事进行重新架构，本身就有了一种文学游戏的挑战性，对读者是一种崭新的阅读体验，他会怀着好奇心，想看看作者究竟怎样改造演绎"旧瓶装新酒"。

这就是《白蛇传》被改编了这么多次，仍然有人要动笔的原因。我也改写过一篇《白蛇传》，把科幻、奇幻揉在了一起，还白蛇传说的历史真相。

凌晨版《白蛇传》说起来剧情比较曲折，这里就不介绍了。我介绍下改写过的一个短篇《偷桃》。原文是蒲松龄的《聊斋志异》中的名篇，以描写精炼，人物形象生动著称，全文如下：

偷　桃

童时赴郡试，值春节。旧例，先一日，各行商贾，彩楼鼓吹赴藩司，名曰"演春"。余从友人戏瞩。是日游人如堵。堂上四官皆赤衣，东西相向坐。时方稚，亦不解其何官。但闻人语哜嘈，鼓吹聒耳。忽有一人率披发童，荷担而上，似有所白；万声汹动，亦不闻为何语。但视堂上作笑声。即有青衣人大声命作剧。其人应命方兴，问："作何剧？"堂上相顾数语。吏下宣问所长。答言："能颠倒生物。"吏以白官。少顷复下，命取桃子。术人声诺。解衣覆笥上，故作怨状，曰："官长殊不了了！坚冰未解，安所得桃？不取，又恐为南面者所怒。奈何！"其子曰："父已诺之，又焉辞？"术人惆怅良久，乃云："我筹之烂熟。春初雪积，人间何处可觅？唯王母园中，四时常不凋谢，或有之。必窃之天上，乃可。"子曰："嘻！天可阶而升乎？"曰："有术在。"乃启笥，出绳一团，约数十丈，理其端，望空中掷去；绳即悬立空际，若有物以挂之。未几，愈掷愈高，渺入云中；手中绳亦尽。乃呼子曰："儿来！余老惫，体重拙，不能行，得汝一往。"遂以绳授子，曰："持此可登。"子受绳有难色，怨曰："阿翁亦大愦愦！如此一线之绳，欲我附之，以登万仞之高天。倘中道断绝，骸骨何存矣！"父又强鸣拍之，曰："我已失口，悔无及。烦儿一行。儿勿苦，倘窃得来，必有百金赏，当为儿娶一美妇。"子乃持索，盘旋而上，手移足随，如蛛趁丝，渐入云霄，不可复见。久之，坠一桃，如碗大。术人喜，持献公堂。堂上传视良久，亦不知其真伪。忽而绳落地上，术人惊曰："殆矣！上有人断吾绳，儿将焉托！"移时，一物堕。视之，其子首也。捧而泣曰："是必偷桃，为监者所觉。吾儿休矣！"又移时，一足落；无何，肢体纷堕，无复存者。术人大悲。一一拾置笥中而阖之，曰："老夫止此儿，日从我南北游。今承严命，不意罹此奇惨！当负去瘗之。"乃升堂而跪，曰："为桃故，杀吾子矣！如怜小人而助之葬，当结草以图报耳。"坐官骇诧，各有赐金。术人受而缠诸腰，乃扣笥而呼曰："八八儿，不出谢赏，将何待？"忽一蓬头僮首抵笥盖而出，望北稽首，则其子也。以其术奇，故至今犹记之。后闻白莲教，能为此术，意此其苗裔耶？

原文 800 多字，把一个古老戏法变得十分精彩。我用这个故事为基础，将它改造成一篇 4 千字的科幻小说。怎么改？首先是立意，前面我讲过，文章要有正确的价值观。原文只是变戏法赚钱，突出的是戏法儿的神奇，并没什么具有社会意义的观点。我就把"要钱"这个行为高尚化了，变成了劫富济贫，变戏法儿的人瞬间形象高大了。下一步，就是怎么用这个戏法儿来劫富济贫，戏法儿还得正常变。于是我设计了一个仿真机器人，代替原作中的小孩儿上了天。

小说开篇，和春节热闹气氛不同的，是"城墙外挨墙根横七竖八躺着的那些逃荒者，"他们有那么片刻"忘记寒冷与饥饿，沉浸在无比绚烂的光影声波里"。他们在节日里来到城中，"因为旱灾，没了收成，他们才从四邻八乡要饭到这济南城，以为邻近春节，衙门能搭个棚子施粥，好歹吃个饱饭，可是城里到处忙着准备'演春'，衙门不但不管，还说他们脏脏多疾，与市容有碍，轰出了城"。而且衙门说年底银根紧张，无法救济他们，但却肯花大价钱燃放烟花炮竹。

逃荒者们的饥寒交迫，引起一位变戏法的中年人的同情，他想让城里富人掏钱救济。童子 U2 响应中年人的提议，两人于是来到衙门，在达官贵人面前，上演了一幕天宫偷桃的奇妙戏法。戏法这段，和原文没有太大区别。目瞪口呆的富人们掏了钱，中年人和 U2 的目的达到了。这时，戏法的真相，U2 爬高并且被分段扔下来后仍然复原，是因为它"身上都是纳米级金属零件，合成分解容易得很。桃子和绳子，也都是用纳米打印机从空气中吸取分子制造的"。一个科幻的创意完美呈现。

改写可以改变故事发生的时空关系、因果关系、人物关系等。《偷桃》故事中，我改变了人物关系。原文是一对杂耍卖艺的父子，我改成了穿越时间的机器人和善良正直的卖艺人，这就提高了故事的价值。

我国古代类似《聊斋志异》这样的志怪小说还有《搜神记》《神异经》《酉阳杂俎》《阅微草堂笔记》《太平广记》等，这可都是丰富的素材宝库，随随便便就能找出好玩儿的故事。比如南朝梁任昉的《述异记》

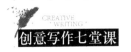

中就有这么个故事：

> 信安郡石室山，晋时王质伐木至，见童子数人棋而歌，质因听之。童子以一物与质，如枣核，质含之而不觉饥。俄顷，童子谓曰："何不去？"质起视，斧柯尽烂。既归，无复时人。

这件事情无从考据真伪，但有人名有地址，看上去又不大像假的。宋朝大诗人陆游还在《世上》诗中写到此事："吾棋一局千年事，从使旁观烂斧柯。"斧柯尽烂因此成了一个典故，形容时间漫长。

类似的故事还有一个著名的"刘阮天台"，在好些古籍中都有记录，所记故事大致相同，细节微有出入。故事说：

> 刘晨、阮肇，剡人，于东汉永平中入天台山采药，经十三日不得返，采山上桃食之，下山以杯取水，见芜菁叶流下甚鲜，复有胡麻饭一杯流下。二人相谓曰："去人不远矣。"乃渡水，又过一山，见二女，容颜妙绝，呼晨、肇姓名，问郎来何晚也。因相款待，行酒作乐，被留半年，求归，至家，子孙已七世矣。

"刘阮天台"也是著名的文学典故，唐朝诗人刘禹锡在他的《再游玄都观》诗中就有"种桃道士归何处？前度刘郎今又来"。

我国古代这种"天上一日，地下一年"的时空观很有意思。好事者甚至由此计算出孙悟空每次上天庭不能超过 4 分钟，牛郎织女相会对牛郎是一年见一面对织女却是天天见……科不科，幻不幻？

中国科幻小说中单独有一类就是历史科幻。和架空历史不同，它是从我们的历史中寻找科幻的影子，从而重新审视历史。钱莉芳的《天意》就是这方面的代表，讲外星人伏羲和汉将军韩信之间的恩恩怨怨。历史科幻写不好就容易歪曲历史，变成网络爽文，需要谨慎涉入。

第二种套路叫"模仿和代入"。

模仿是学习的第一步，很多时候是必须的，毕竟生下来就会吟诗作赋的人没几个。模仿不丢脸，抄袭才丢脸。抄袭不但丢脸而且无耻。模仿就是看人家优秀的科幻小说怎么写，拿来分析，化为己用。

科幻研究和科幻教育大家吴岩老师，总结出了易懂好记的几点，我在这里推荐给大家：

> 对新世界的冒险，大致要这几个步骤：到达新世界→发现新奇怪→遇到小灾难→落难成囚徒→立志回旧地→刻苦勤努力→尖峰大对决→目的终实现。

> 对新元素的发现，和上面是差不多的步骤：发明新元素→社会大变→遇到小问题→酿成大祸根→立志回常规→刻苦找方法→尖峰大对决→目的终实现

> 科幻小说要审视人类，这个话题太大，就先从个体"我"开始，某一日，我突然发现了一个新的自己：自己很奇怪→整日很烦恼→一个小机会→发现另一面→打开新世界→无法真适应→勇敢去接受→变成新自己

新世界、新元素和新自己，都从科幻这个根上找，就能一点一点

把文章写出来。这三点可以结合成一句话，那就是很复杂的故事了。编个故事：我被毒蜘蛛咬变异为蜘蛛侠，继而发现蜘蛛是 D 博士饲养的，他发现了蜘蛛素会将人类都变成蜘蛛，我在追捕 D 博士的途中坠入深海，在海底的洞穴中打倒博士拿到解药，我拯救了人类，适应了蜘蛛侠的生活。

这故事要搬上屏幕会比《蜘蛛侠》电影强，但在写作过程中，还必须给蜘蛛人更多变异的生物学基础，以及更好的故事线索，否则就会成为"爆米花小说"了。

无论用什么方法写作，视角一定要有幻想性，逻辑上要有科学性，在情感上要有文学性。

再说下文学和戏剧的套路。

好莱坞的编剧们使用克里斯多佛·沃格勒总结出的"英雄的历程"故事模式，编出来许多部卖座电影。给大家介绍一下。在这种模式中，有八种人物类型：英雄、导师、守门人、信使、变形者、阴影、盟友、恶作剧者。

英雄是主人公，推动情节发展，他的历程同时也是他成长和表现的过程。

导师教育英雄，并赠予英雄礼物。

守门人是英雄历程的第一个障碍，负责完成对英雄能否开始历程的测试。

信使是给英雄带来目标的人，他将激励英雄对旅程的信心。

变形者是那些有第二重身份的人，为故事设置悬念。当观众与英雄一起猜测、推断变形者是否真诚的时候，变形者成功地给故事带来了惊恐、悬疑的气氛。

阴影来自外界，也可能来自英雄的内心，对英雄的行动提出挑战。

盟友，他的存在使英雄人性化，丰富英雄的性格侧面，或者通过挑战英雄使英雄更加开放和稳定，并且交待英雄的前史。

恶作剧者是故事里的丑角或者喜剧人物。为故事提供轻松的时刻。

这八种类型人物，不仅能用在电影中，还能构建出一部好小说。金庸的武侠小说大家都比较熟悉，随便拿一本来分析，比如《笑傲江湖》，英雄当然是令狐冲，其他七种类型，大家很容易就找到了。

有了人物，"英雄的历程"故事就可以开始了，它有 12 个步骤：

1. 日常世界
2. 冒险的召唤
3. 拒绝冒险
4. 导师出现
5. 跨越第一道门槛
6. 考验、盟友、敌人
7. 深入虎穴
8. 严峻的考验
9. 获得奖赏
10. 踏上归途
11. 浴火重生
12. 凯旋而归

通过这 12 个环节，英雄完成了自身的成长。故事节奏也起伏有序，扣人心弦。

18 世纪，意大利剧作家卡洛·柯齐首先提出世界上的剧情一共有 36 种，一个多世纪后，法国戏剧学者乔治·普罗第对一千多部剧本、短篇小说、史诗进行了深入研究，证实了卡洛·柯齐的这个理论，这36种剧情如下：

1. 请求相助

2. 援救

3. 复仇

4. 骨肉间的报复

5. 逃亡者的追捕

6. 灾祸

7. 不幸的遭遇

8. 反抗

9. 壮举

10. 绑架劫持

11. 谜的解释

12. 获取

13. 骨肉间的仇恨

14. 骨肉间的竞争

15. 奸情杀害

16. 疯狂

17. 鲁莽

18. 不知而犯的恋爱罪恶

19. 无意中伤害自己的骨肉或爱人

20. 为了信仰而牺牲自己

21. 为了骨肉或爱人而牺牲自己

22. 为了情欲的冲动而不顾一切

23. 必须牺牲所爱之人

24. 两种不同势力为了恋爱的竞争

25. 奸淫

26. 恋爱的罪恶

27. 发现所爱之人有不名誉的事

28. 恋爱被阻碍

29. 爱上了自己的仇敌

30. 野心

31. 人与神的斗争

32. 因为错误而产生的忌妒

33. 错误的判断

34. 悔恨

35. 骨肉重逢

36. 失去所爱之人

好了,套路都在这里了,拿去吧,具体如何使用,就看自己的领悟了。

NO.4 短篇还是长篇

常常有人说,光世界的设定我就写了好几万字,看来我只能写长篇小说了。也有人说,我呀,就写不了长的,几句话就说完的事情,你们能拉这么长。那么初学者究竟是写长篇小说好呢,还是写短篇小说好呢?

一般来说,短篇小说指的是两万字以下的小说,长篇小说至少要十万字以上。两万字到十万字这个规模,是中篇小说。

初学者究竟从哪个篇幅开始,没有定论,看个人能力而定。对于强背景的科幻小说来讲,要把自己构建的世界表达清楚,那就无须考虑篇幅,尽量去描绘这个世界就好了。至于故事和人物,等这个世界清晰了自然也都会产生,不必着急。

对于强故事性的科幻小说,背景常常都放在了字面后面,要呈现给读者看的是极端的戏剧性冲突,那不妨把篇幅缩短一点。因为浓缩后,每个情节的信息含量增大,对喜欢烧脑的科幻读者会更有吸引力。

无论什么长度的科幻小说,都要符合前面我讲过的要素:科学性、幻想性和文学性。要将这三者有机地和小说的结构融合在一起,制作一件天衣无缝的文学衣衫。

那么，对于更短的科幻小说呢？比如《自然》杂志登的科幻小说只能800个字，比如某个学生科幻比赛不能超过1200字，比如某些杂志因为版面限制最多只允许登3000字的稿子，这种稿子怎么写？

这种超短篇，一般类型小说似乎还可以掌握，但科幻小说还有个构建世界的任务，3000字根本连世界的轮廓都没有写清楚。不过，对于高水平作家而言，篇幅短小有短小的写法，难不倒。日本科幻作家星新一，就写过好多篇微型科幻小说，证明篇幅什么的就不是写科幻小说的障碍。

超短篇科幻小说最好只有一个场景，极少人物，要有鲜明的观点，有适当的铺垫，至少一个精彩的反转。反转带起的高潮要放在结尾，高潮一出马上完结，营造余音绕梁的意境。字句需要更加精练，题材能以小见大最好。因为没有篇幅展开，故事一开始就要处在科幻的环境之中。

给大家举个例子，下面这篇是我写过的微型科幻小说，只有1772个字。文章就遵循了上述的写作方法。

最后的残奥会

文／凌晨

2030年夏季深夜，一辆无人驾驶商务车悄然沿高速公路疾驰。

车中，林涛躺在按摩床上，接受保健医生田冰的放松治疗。世界短池游泳锦标赛在前方等着他。

忽然，车身剧烈震动，林涛身子一抖撞到车顶上。巨大的声响震耳欲聋。火焰四起，气势汹汹向他扑来。

2032年4月25日，在洛桑的国际奥委会总部，一场听证会正在举行。调查员出示了大量图片和视频，他振振有词："林涛，22岁，中国籍游泳运动员，报名参加第三十五届奥运会。但我们认为他没有这个资格，他应该参加的是第十九届残奥会。因为，他实际上是个肢体残疾者！他在一次交通事故中严重致残。"

"当时是一辆油罐车与林涛的商务车相撞。"调查人员冷酷地说，丝毫不理会车祸现场视频对观众的冲击，"林涛伤势严重，92%的皮肤被烧伤，手脚撞断，脊椎受伤，心肺都受影响。他从外到里都坏掉了，能存活已经是奇迹。"

被送进急诊室的林涛血肉模糊，已经不成人形。

"而仅仅一年零4个月后，林涛就重新出现在比赛场上。这样的康复速度，是自然人不可能达到的。"调查人员继续说，"这只能说明，林涛已经不是人了。按照新的奥委会章程，体内非天然成分只要超过15%，就不能参加奥运会比赛。而林涛体内的非天然成分已经超过90%。"调查人员的语气甚至有些轻蔑："除了大脑，就连林涛那张脸都是后期加工的。"

所有人的目光聚集到林涛身上。

"他不是人。"调查人员强调，"他甚至连残疾人都算不上，没有资格参加残奥会。"

林涛站起身。还是公众熟悉的那个俊朗的青年，修长的双腿、宽阔的肩膀、认真的表情。他没有为自己辩解，只是请听证会成员看一段比赛录像。他一跃入水中就迅猛前行，张开的手脚上仿佛安装有发动机。观众还没来得及眨眼，他就已经游到了折返线。轻巧漂亮的翻身动作后，他舒展臂膀，在震耳欲聋的欢呼声中冲到终点。听证会场上也是一片欢呼，与会者完全忘记了自己置身何处。

录像戛然而止。片刻，会场安静下来，林涛才问："这是我车祸后参加的第一场比赛。你们能看出和我以前的比赛有何不同吗？"

没有人回答。

"最大的不同是我游得更好了！游泳的技巧、体力的分配，我都掌握娴熟。在医院里，我的四肢完全长好了后，我每天去康复中心训练12小时，让它们配合完美，能在奥运会上达到达巅峰状态！"停顿了几秒，林涛继续说，"我喜欢游泳，我感觉我在水里就是一条鱼。只要能回到水里，我愿意承受一切代价。"

听众席上，一片唏嘘声。

"我的皮肤可以植皮再生，脸可以整容，但我截断的四肢如果用机械人造骨骼，我的游泳动作就会受人造骨骼限制和控制，我将就再也无法享受游泳所带来的乐趣。"林涛环顾会场，目光坚定，"所以我接受了田冰的建议，采用生命再生复原技术，对全身的体细胞进行了再生修复。"

田冰走上听证席，向观众展示林涛的治疗过程。9个月治疗、6个月康复的过程被压缩到15分钟的短片之中，观众感觉就像在看一场魔术——健康的皮肤在生长，正常形状的鼻子、嘴巴、耳朵在长，腿、脚、手在长……林涛一点点有模有样，最终完全恢复到他车祸前的身体状态。

田冰在一旁解释："壁虎断了一条腿就能长出新的。人体的组织和器官中也有具有再生潜能的细胞，只要用埋藏在细胞中的基质引导，它们就会变成干细胞，原位再生复制。断掉的手脚、烧坏的皮肤、病态的器官，全部可以修复完成。经过这样的修复，人完全获得了新生。"

"是的，那种感觉很奇妙。"林涛说着激动起来，"我感到，一种生命的饥渴从我的每个细胞中迸发出来。"他动动手臂，"我不必使用机械人造骨骼，我身体中的每一块肌肉、每一根骨头，都是我自己的，是从我身体里的细胞中生长出来的。我的确不是普通人了，我是一个新人！"

听众席上再次爆发出欢呼。

林涛慷慨激昂："奥林匹克运动的目标，就是为了促进人类社会向真善美的方向发展。最大的真善美，难道不是用现代医学的先进手段促使每个人拥有更健康的身体和更健全的心智吗？我的亲身经历，证明了人体再生复原技术的可行性！我希望所有残疾者都可以得到治疗，恢复到正常人的健康程度。我希望第十九届残奥会也是最后一届残奥会！"

众人纷纷议论。调查员大声说："那不可能！"

林涛高声回答："凡事皆可能。总有一天，所有残疾者都会得到治疗恢复健康，残奥会上找不到一个合适的运动员。这将是我未来的努力方向。我会把我比赛的每一笔收入，都投入残疾人再生复原的工程中去。我希望不再有残疾人，所有的人，只要热爱体育，都能够站在奥林匹克运动会的赛场上！"

雷鸣般的掌声响彻会场。

长篇科幻小说要注意叙事策略，就是结构的搭建，这可不容易。我写过的长篇科幻小说不多，深知这是个巨大的工程，伤筋动骨，耗费心血。不到非写不可的时候，绝不碰它。

写长篇科幻小说的步骤如下：

一句话大纲→时代背景设定（社会基本面貌，可能涉及的事件，历史发展趋势等）

→主要人物设定（人物基本信息，人物之间的关系和可能发生的戏剧冲突）

→500字大纲

→画出人物之间的关系图，理清事件发生脉络

→3000字大纲，分出章节，列出每个章节的内容,区分铺垫、高潮、过渡等情节模块

→正文写作

→写作期间，不要任何外力参与，独立完成

→完成初稿后放置几天，发酵

→通读，找人试读，修改，多次反复直到满意为止

长篇科幻小说的结构可以参照一般小说的长篇结构。推荐三种基本结构。

一是"流浪汉结构"，也叫"葫芦串式结构"。是这样的直线型：

作家以主角为线索，将各种人物和事件串在了一起。各种本来独立毫不相干的事件和人物，通过主角的所见所闻，联系到了一起。这种

结构不大讲究事情的前因后果，很适合叙述散乱的奇闻异事。

还有一种结构叫"巴尔扎克结构"，看上去就像一张渔网，我就称它叫"渔网式结构"：

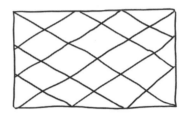

这种结构的长方形边框是作者要描述的生活范围，长方形中的每条线都是一个故事、一段情节，大家相互联系、互相交织，这样就使得长篇小说能够表现更为丰富、复杂的社会生活。

第三种是"现代主义结构"，即"蛛网似结构"，图像如下：

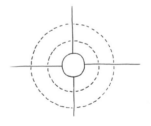

图中的小圆圈是作家的主观内心，从圆圈发散出去的直线代表了自我的各种思绪，围绕小圆圈的大圈是各种事件和场景。这种结构以作家的自我为中心，时空、因果等逻辑关系被打乱，故事之间没有什么完整性和连贯性。

附

偷 桃

文／凌晨

半空中突然一声巨响，仿佛炸雷。天上却白灿灿的没有一丝乌云。这响声就像按动了开关，四面八方，立刻被无数"噼里啪啦""轰""咚"声淹没。声浪之中，人们分不清东西南北，听不见对面的说话声，只能作揖鞠躬冲对方笑笑，代替那一句"恭贺新年"的招呼。声浪还未退却，一团团耀眼的光球又呼啸着向天上蹿，等不及攀上云霄，就炸裂开去，五颜六色。听不真切的人们，全都抬头，看着那些转瞬即逝的光华灿烂，如痴如醉。

就连城墙外挨墙根横七竖八躺着的那些逃荒者，也不由得眯缝起眼睛，紧盯着面前的璀璨，有那么片刻，忘记了寒冷与饥饿，沉浸在无比绚烂的光影声波里。

"好哇！"路边有人击掌笑，"衙门的花炮今年又翻新了。"

"华美脱俗，别致新颖。"旁边的人附和，"衙门出手就是与众不同啊！"

逃荒者们瞬间跌回现实之中，面面相觑。衙门不是说年底银根紧张，所以无法救济他们吗？因为旱灾，没了收成，他们才从四邻八乡要饭到这济南城，以为邻近春节，衙门能搭个棚子施粥，好歹吃个饱饭，可是城里到处忙着准备"演春"，衙门不但不管，还说他们肮脏多疾，与市容有碍，轰出了城。

"老爷太太行行好，给几个铜子吧。"逃荒者中的老人，不顾尊严地爬到路边，用最后的气力，向路人磕头、哀求。老人的头磕出了血，但他已经没有了疼痛的感觉。寒冷早把他的感知冻住了。

行色匆匆的路人中，有一双脚停下。那是一个挑着担子的中年人，满面风霜。担子两头的竹箱也是久经风霜的样子。中年人轻轻叹息，从怀里掏出一个冷硬的馒头，塞到老人手中。

逃荒者们立刻躁动起来，扑了过来，顷刻就将中年人围住了。

中年人摇头："唉！我只有这一个馒头。我都不知道下顿饭哪里有的吃！"

逃荒者们默默挪动身体，让中年人过去。中年人看着他们，面黄肌瘦衣不蔽体，随时会倒在寒风中死去，又是一声叹息："唉，这城里富人不少，要能让他们掏钱救济大家才好！"

逃荒者们灰白的脸色更黯淡了。叫富人掏钱，比求衙门设粥铺更难。总之他们这些背井离乡的人，命如草芥，就算插上草标卖，有钱人也不会多看他们一眼。

忽然一个童子走到中年人面前，他披头散发，大约十岁左右，穿着青布的短衣，像是哪家买卖铺子偷跑出来的小学徒。

"师父，我们不是有独门绝技吗？城里人一定喜欢，会赏我们银钱。那样我们就能做馒头、熬粥了。"童子说。

中年人惊讶："我们？独门绝技？你是在和我说话？"

童子点头，表情十分认真："是和您说话。"

中年人蹲下身子，仔细端详童子："你是谁？"

"我叫 U2。"

"尤二？"中年人擦擦冻红的鼻子，"我的确会些戏法杂耍，但城里人眼习，早就看穿了。"

U2凑近中年人的耳朵:"我这戏法,此地从来没有人变过……"

中年人听着,脸上的表情,从冷静变为诧异,继而是不可思议。他喘口气,问:"这法子真行?"

U2点头:"成功率95.7%。高概率。可行。"

中年人听不大懂U2的话,但他决定试试。他在布鞋底上磕磕旱烟袋:"成,咱干了!"

按济南府的风俗,春节前一天是"演春"的日子,从这天起,就拉开了春节庆祝的序幕,热热闹闹要一个月之久。今年是清顺治十七年,济南府早早就清洁城市,主要街道上都挂了大红灯笼和彩绸做的如意结,预备着春节的狂欢。青龙桥头,筐市街口,正觉寺前,大明湖畔,都支起了大棚,有全国各地来的艺人,耍把式玩杂技、说评书唱大戏;还有各地特色小吃土特产,米粉丸子豆腐脑,花生鸡蛋糖葫芦,汇聚一堂,十分热闹。

人们此刻却顾不上看戏吃饭,都涌到布政司衙门那边,等着看"演春"。敲锣打鼓吹拉弹唱声中,耍狮子、舞龙灯、扭秧歌、踩高跷的各色艺人鱼贯进入布政司大门,在大堂下耍弄一番后,城里各行各业才抬着一座座精致的彩楼过来,献给官府。这些彩楼争奇斗胜,各出花样,获得围观者的不停喝彩。

中年人领着U2,也向布政司衙门那边走。一路上人山人海,寸步难行。终于挤进布政司衙门时,中年人竟然是大汗淋漓,丝毫没有了严冬的寒冷。U2却没有什么汗水,神色平常,和他的年龄不太相符。中年人心里头忽然打鼓,刚要开口问,一位黑衣衙役过来,水火棍拦住了他的担子。

"干什么的？"衙役今天心情不错，声音没那么尖利刺耳。

中年人哈腰，恭恭敬敬地说："老爷，我是松江府人，都叫我戏法张。今儿来给大人们变戏法。"

衙役上下打量戏法张，还有他身后的U2，鼻子里哼一声："变戏法的多了去了。"

戏法张说："我和他们不一样。准保是你们没见过的新鲜戏法。"把一串檀香木佛珠塞到衙役手中，接着说："还烦您上堂禀报。"

衙役掂量掂量佛珠，说："好吧，我给你回报。要好了老爷们有的是赏赐。要不好，别怪我没提醒你衙门的棍子。"

"是，是。明白明白。"

衙役走了。戏法张回身交待："尤二啊，身家性命，我可是都交给你了！"

U2张嘴说了些什么，戏法张却听不到，人声嘈杂，鼓乐喧天，震耳欲聋。U2朝前指了指，戏法张看到黑衣衙役向他招手。

"好吧。见了大人们，你可要听我的。"戏法张叮嘱U2，"别乱动。"

大堂上，济南府的官员都被挤到两旁站立。能坐在中间的是山东省四位大员：提督，巡抚，布政使和按察使。

布政使有些疲乏了，戏法张和他背后的童子看上去没有什么特别之处，他懒懒地吩咐："问他们有什么拿手的戏法。"

黑衣衙役就跑过去问，顷刻回来答复："大人，这姓张的说他能变化出不是这个季节的物件，生长出各种各样的东西。"

布政使笑了，这个可是说大话了，看向提督："请大人出题，让这不知天高地厚的家伙变个玩意儿出来。"

"桃子。"提督随口说。

黑衣衙役立刻就去通知戏法张，随即大声对围观者宣布："此人要为大人取桃子，你们安静些观看！"

这话像水波涟漪样传开。忽然，大堂内外，一片静谧。所有目光都集中在大堂下院子中的戏法张身上。

戏法张向周围人说："鄙人是松江府的戏法张，会些雕虫小技，不足挂齿。今日带徒弟尤二前来济南府恭贺新春。堂上大人要我变个桃子出来。眼下初春天气，冰雪还未融化，人间哪里能有挑子！只有王母娘娘的蟠桃园里，四季如春，有桃子可采。蟠桃园在九霄云上，需要登天之力。"

对他这开场白，围观者静静听着，生怕错过了一个细节，不能事后揭穿他的把戏。

U2 此刻说相声捧哏似的帮腔："师父！难道有台阶能走到天上去吗？"

戏法张就说："哪里有台阶，我自有办法。"说完他打开竹箱，从里面取出一团绳子，大约有几十丈长。戏法张试试分量，绳子很轻，却很坚韧。他看看 U2，那童子神色不惊，轻轻点头。戏法张就理出一个绳头，手微微发抖，终于向空中一抛，那绳子竟然就直直立在半空，好像有什么东西扶着。过了片刻，那绳子开始上升，越升越高。但地下的一团绳子却不见减少，似乎绳子是在空中自己生长出去的。

围观者都仰起脖子，目光跟着绳子，不敢有半点游移。绳子攀升得很快，已经到了人们视线的尽头，绳端变成了一个小小的黑点。

戏法张不由得抚摸绳子，绳子冰凉坚硬，仿佛金属，轻轻叩击，却又没有金石的清脆回响。

人们看累了绳子，目光又都转移到戏法张身上。

戏法张大声说："徒弟你来，我老了，这上天绳我爬不了，你替我走一趟吧！"拍拍绳子，又说："顺着绳子就能爬上天去蟠桃园了。"

U2走到绳子旁，脸上显出很为难的样子，抱怨："师父您真是老糊涂了，这么细的绳子，我顺着它爬上去，万一中间绳子断了，掉下来就是粉身碎骨啊！"

戏法张严肃地说："君子一诺千金，答应了的事情一定得做到。你上去吧，万一能偷来桃子，大人们一定会重重赏赐，那时我给你娶个漂亮媳妇。"说着，看向大堂上。

巡抚等人正要看戏法张怎么爬绳子偷桃子，心痒痒的，就回答："不错，你等若偷来蟠桃，一定重赏。不然，就是妖法惑众，大刑伺候！"

U2便脱下外衣，手脚盘在绳子上。戏法张看不见他怎么使力，就见他轻快地爬到了绳子上方，速度还越来越快，顷刻之间和绳子融为一体，没入云端，看不见了。

戏法张揉揉眼睛，还是什么都看不到。他强做镇定。周围人却控制不住等待的焦灼，窃窃私语，怀疑和猜测纷纷乱乱。

忽然，有什么东西从上面掉下来。戏法张急忙拿衣襟兜住，却是有碗口那么大的一个桃子，红艳艳水灵灵的。

众人都是"呀"一声。

戏法张立刻双手捧住桃子，献到堂上。堂上的提督、巡抚、布政使、按察使急忙传看，衙役拿来刀子，削开一个小口，桃香飘散,汁水四溢,竟然是真的。

"妙啊!"布政使不由得拍案叫好。

众人都是一声欢呼。

这时刻,绳子忽然一软,"哗啦啦"从天上落下来。戏法张惊惶失色,大喊:"糟了!天兵发现了,把绳子砍断了,我徒弟可怎么下来啊?"

众人心里就是一紧。

那些绳子掉到地上,软趴趴盘卷在一起,戏法张很难相信就是它刚才笔直站立坚硬如金玉。他确实有些担心,再往天上看,果然如U2刚才所说,他的头掉下来了。戏法张捧着U2的头大哭:"天啊,徒弟,我叫你偷桃时小心,却还是被看守发现了!"那天上又掉下一只脚,接着是手臂和躯干。

围观者这时候连叹息的气力都没有了,眼睁睁看着戏法张,大气都不敢喘。戏法张一边哭一边把徒弟的身体捡起来装进箱子,盖好。

戏法张走到堂上,跪下哀求:"老汉只有这么个徒弟,情同父子。今天遵照官长的严命去偷桃子,惨遭杀害!大人们可怜小人,请赏给几个钱,让我把他好生安葬。"

提督和他的同僚们面面相觑,十分惊骇。提督说"当赏!"于是,四位大人拿出许多银钱赏给戏法张。济南府的官员以及在场的各行富商,也赶紧给戏法张送钱。一时间,戏法张面前的银钱多得都拿不了。黑衣衙役找了个布袋给戏法张,他把钱装好,缠到腰上。

戏法张走回自己的担子,拍打箱子,半感慨半伤心:"尤二啊,已经筹到百两银子,够逃荒的撑到开春。可是你,你……"

箱子中 U2 回答说："我没事，已经组装完毕了。"

戏法张一惊，便打开箱子，U2 果然好端端坐在那里。

戏法张深呼吸，大声说："徒儿啊，赶快出来谢谢各位大人的赏钱！"

U2 就跳出箱子，朝堂上叩头。

围观者吓了一跳，随即欢呼雀跃。更多的铜钱碎银子，雨一样砸向戏法张。

U2 过来帮戏法张拣钱。

戏法张手和嘴都在哆嗦，轻声问："你究竟是什么人？"

U2 说："算是很久以后的人吧，我身上都是纳米级金属零件，合成分解容易得很。桃子和绳子，也都是用纳米打印机从空气中吸取分子制造的。我来这里，是……噢，师父你没事吧？"

戏法张颤微微抚摸 U2 的脸，说："我不懂你的话。但你不是鬼怪，你心好。"

U2 笑："师父啊，我们配合得不错。就这样劫富济贫吧！"

第七讲

如何发表你的作品

NO.1 那些靠谱的发表渠道

NO.2 科幻征文，检验实力的时刻

NO.3 素人必读：二十种科幻图书和科幻电影

在我刚开始写科幻小说的时候，中国能发表科幻小说的专业杂志只有《科幻世界》，非常幸运，这家杂志现在仍然存活着。这让我一直相信，在中国，科幻小说的读者不但多而且乐于为科幻买单。

25 年来，科幻创作环境发生了很大改变，有了许多可以发表科幻小说的渠道和平台，这对每一个有志于创作科幻小说的人来说都是好事。

如果说发表了作品就是作家的话，中国的科幻作家，在这些年间增加到了三位数以上。但要是以发表作品的数量、质量、发表平台的影响力来评价，可以称为中国一线科幻作家的，目前不足 50 人。与庞大的文学创作群体相比，中国科幻创作群体，依然非常弱小。

因此加入科幻作家的团队，可以说是机会多多，竞争也相对较小。

那么对于科幻创作的初学者来说，怎样才能发表自己的第一篇科幻小说呢？如何选择发表平台，被退稿了怎么办？面对众多的科幻征文和比赛，该参加哪一个？还有很多懵懂不解的问题。

因此我觉得需要一点篇幅和初学者们说说发表的事情。

首先你要准备好作品。现在都是电子文本，最好用纯文本文件，这样不会因为对方软件不认你的文件打不开。也有人考虑到文稿安全问题，采用 PDF 图片格式。这都可以。作品的形式只要令人阅读方便就好。不用做花边、加底纹、添加花里胡哨的装饰。

文章要段落清晰，语句通顺，标点完整，尽量不要有错别字。如果没有特殊要求，字体为宋体，字号小四号，字的颜色为黑色，不用加粗。

文章一定要完整，如果超过 6 千字建议写一个 200 字的介绍。介绍要放在文章最前面。如果是长篇小说，一定要先提供小说的大纲、目录以及 5000 字以内的样张，正文在编辑表示出兴趣后再传给他。

如果想认真进行科幻创作，并有所建树，就不要去网络文学网站上写科幻小说。长篇科幻小说一般由图书公司或者出版社出版，新人很难得到这种出版机会，除非作品质量很好，或者有市场推广的强势理由。

所以，对于初学者这样的新人来说，最好先写短篇或者中篇作品，设法能够发表，再慢慢积攒人气。参加科幻征文或者比赛也是一个方法，好稿子很快就会被求贤若渴的评委发掘出来。

还有，参加各种科幻课程先混个脸熟也是个不错的方法。《科幻世界》杂志、未来事务管理局、中国科普作家协会，都有类似的科幻培训课程，关注它们的公众号，留神这方面的信息即可。

写作时，需要区分是不是专门为学生创作，即我们常说的少儿科幻小说，因为少儿科幻小说和成人科幻小说的发表平台不太一样。

NO.1 那些靠谱的发表渠道

【少儿类】

《科幻世界·少儿版》（月刊）

这是老牌儿《科幻世界》的少年刊，读者对象一般为 7～13 岁少年儿童（小学高年级学生），月刊。短篇小说的稿费标准为每千字 150～200 元，每期 5 000～6 500 字，可为独立完整的故事，也可分期连载（最多连载 3 期）。杂志可以出版长篇原创少儿科幻小说，可为单本，也可是系列。单册字数不低于 60 000 字。稿费标准：面议。根据小说品质、授权范围，优稿优酬。

栏目设置有封面故事、名家名作、奇妙探索、银河剧院、星语星愿、银河实验站、科学故事、小编对对碰。其中封面故事、星语星愿、名家名作三个栏目刊登小说。

《科幻世界·少儿版》的选稿标准比较严，这也造成了它的稿源一直比较紧张。如果适应它的风格，会比较受它欢迎。

看看它的选稿细则，这对初学少儿科幻写作的人来说，是培养良好写作习惯的要求。细则如下：

1. 小说要有明确的科幻设定，如：穿梭时空、平行空间、外星人、机器人、生物改造、机甲、黑科技产品等。科幻设定着眼点最好与生活相关，想象新颖而又合乎情理。

2. 故事的主角是 7～13 岁的少男少女，这样利于读者产生代入感。

3. 小说创作的核心是讲个好故事。我们非常看重小说的故事性。文章要有精彩的开头，有悬念、反转，让人回味的结尾。情节要紧凑，与故事主线无关的闲笔要少。文字表述尽可能准确、流畅、精练。

4. 科幻梗与情节要结合好，切忌生硬地、大篇幅地阐述科幻背景或科幻设定中的技术逻辑，忽略故事性。即便读者对象是少年儿童，故事情节也不应有漏洞和不合情理之处。

5. 小说节奏明快，有正能量。故事要有打动人心的情节、人物，要有前瞻性和独到的思考，能引人遐想与回味。故事基调切忌过于悲观、晦涩。

6. 故事应坚持正确的价值观，传播正能量。禁止出现血腥、暴力、色情、迷信等内容，不得出现违反法律法规和相关政策的内容，不要宣扬早恋、吸烟喝酒、说脏话等不应提倡的行为，请勿涉及政治、宗教等敏感和不适合少年儿童的元素。

投稿邮箱：childsfw@sfw—cd.com

请通过电子邮箱，以 word 附件的方式上传来稿。不接受纸稿。

请在邮件的标题栏写上"投稿：【栏目名】+小说标题+笔名"。

以 word 附件的方式上传来稿，文档名称为：【栏目名】+小说标题+笔名。在文档的开头请务必附上：故事内容梗概、作者简介（写

作经历、已出版或刊发过的作品等)、联系方式(QQ、电话、联系地址等)。

审稿结果会通过电子邮件的方式告知投稿人。每篇稿件，无论是否采用，都会回复。短、中篇审稿时间为30天，长篇审稿时间为60天。逾期未回复，可再发电子邮件至投稿信箱询问。

《科学故事会》(月刊)

这是一本面向小学中、高年级学生和初中学生，以刊登原创科学故事为主的科普科幻刊物。由中国科普作家协会和中国科普研究所主办，北京科技报协办。它有两个栏目可以刊登科幻小说。《故事口袋》刊登成人科幻小说，一般字数不超过6000字，稿费每千字300元。《我是大作家》刊登中小学生创作的科幻小说，一般字数不要超过3000字。

投稿邮箱：kexuegushihui@163.com

邮寄地址：北京市海淀区学院南路86号，中国科普作家协会，100081，《科学故事会》

电话：010—62102021

《知识就是力量》

这是一本创刊于1956年，由周恩来总理亲笔题写刊名的老牌科普杂志，由中国科学技术协会主管，中国科学技术出版社主办，很有社会影响力。《知识就是力量》刊登科幻小说是一个传统，有许多优秀的短篇科幻小说在它那里首发。

《知识就是力量》科幻栏目目前分为名家作品和学生作品部分，要求作品适合青少年阅读，最好是短篇，如果有优秀的长篇也可以节选。字数要求，名家作品一般为4000字，学生作品2000字，可以根据作品的具体情况调整。稿酬为每千字 200 元。

投稿邮箱为：zl@cast.org.cn

《中学生 · 新作文（高中）》（月刊）

《中学生》是由著名教育家夏丏尊、叶圣陶在 1930 年创办，已有 90 年历史的名牌杂志。它有好多种子刊。其中的《中学生 · 新作文（高中）》(月刊) 面向热爱写作的高中学生征稿，刊发科幻小说，5 000 字为宜。每千字 80 元至 120 元，优稿优酬。

投稿邮箱：eduwxw@126.com

【成人类】

《科幻世界》（月刊）

这本杂志曾经以一己之力撑起了中国科幻的天空，因此在科幻圈地位很高。以往要想科幻圈承认一个人是科幻作家，就必须在《科幻世界》上发过作品并且获得过银河奖。《科幻世界》不缺投稿，要想发表竞争比较激烈。它的稿费是千字 150～300 元。

银河奖科幻小说征文的篇幅在 50 000 字以内。

校园之星科幻小说征文作品篇幅在 50 000 字以内。

副刊《星云》可以刊发 5～15 万字的科幻小说（特别优秀者可适当放宽）。

稿件部电话：028—68515556

投稿信箱：tougao@sfw-cd.com

《超好看》（月刊）

这是一本通俗文学读物，在市场上很受欢迎。目前所能刊发的科

幻小说要求：故事有新意，情节生动，不能太负面，线索明确，条理清晰，人物的动机合乎情理、逻辑。

小说每千字 20～500 元。短篇在 3 000~7 000 字之间，中篇为 15 000~30 000 字，长篇 30 000 字以上。

投稿请注意以下三点：1. 请用附件形式；2. 请在稿件内标明您的联系方式；3. 中篇和长篇请在篇头附大纲。

《科幻 cube》（《科幻立方》，双月刊）

百花文艺出版社出版的专业科幻杂志。征稿以一万字的短篇科幻为主，酌发中、长篇，小小说、微小说亦可。稿费根据品质，每千字从 150 元到 500 元不等。

投稿信箱：flowersbooks@126.com

地址：天津市和平区西康路 35 号百花文艺出版社《科幻立方》编辑部（邮编 300051）

《科普创作》（双月刊）

中国科学技术协会主管，中国科普作家协会、中国科普研究所、中国科学技术出版社联合主办的刊物。被录用的稿件不仅可以发表在《科普创作》杂志，还有在"中国科普作家协会"公众号及相关网站展示的机会。优稿优酬。短篇为佳，长篇可节选刊登，20 000 字以内为宜。

投稿邮箱：kepuchuangzuo@126.com

通信地址：北京市海淀区学院南路 86 号中国科普研究所 303 室《科普创作》编辑部，100081

电话：010—62103208

《银河边缘》（不定期）

由八光分文化与人民文学出版社联合制作的 MOOK，即杂志型图书。八光分文化 CEO 杨枫曾是《科幻世界》杂志社副主编、编审，有丰富的科幻杂志编辑经验。《银河边缘》稿费为千字 150～200 元，字数限制为 2 万字～4 万字，优质稿件可放宽限制。对于原创作品的要求如下：

想象力：想象力是科幻小说的核心与灵魂，也是审稿的首要标准。

代入感：作者通过剧情、人物等元素，使小说易读，令读者沉浸其中。

剧情逻辑：在人物动机、事件逻辑上没有明显的漏洞，不会让读者普遍产生"跳戏"的感觉。

技术细节：非常欢迎但不强求，不能用错已有的科学知识。

"不存在科幻小说"公众号（不定期）

该公号为未来局运营，所发表的科幻小说要和未来局签订一份 5 年代理协议。未来局为该作品各项版权的独家代理人，代理内容包括实体和电子出版、有声书、影视游戏改编等。

小说稿费 2 万字以内每千字 200～300 元。2 万字以上，电子发表稿费每千字 100 元，实体出版时稿费另付。

稿件必须未经商业发表，不涉及版权纠纷；不是同人作品。

稿件以 word 附件格式投稿，文件标题为"作者名—《文章名》—字数（修改第 n 稿）"，标题中间不要有空格等。

文章正文字体为宋体，字号 12 号。

初稿 3～4 周回复，修改稿 1～2 周回复。

蝌蚪五线谱

蝌蚪五线谱是北京市政府投资建设、北京市科学技术协会承建的大型公益性科普网站，为公众特别是青少年提供优质网络科学文化服务。该网站有专门的科幻栏目，可以刊登微小说及中短篇的科幻小说。

作品要求：故事流畅完整，逻辑严谨自洽，原创首发。稿费每千字100～200元。

投稿邮箱：kehuan@kedo.gov.cn

QQ交流群：229198024

NO.2 科幻征文，检验实力的时刻

科幻征文和比赛，2019年超过30项，总奖金额超过450万元，真有令人眼花缭乱之感。这些征文和比赛中，有一次性临时的，或者项目性的有具体要求，真正为原创、自由创作组织的征文和比赛项目，大概占到总数的三分之一，从中我精选出10个介绍给大家。其中有9个年度奖，每年都有，大家今年赶不上赶下一年，也可以排好截稿时间，多次投稿。还有一个是双年奖，虽然时间有点长，但奖金额度很高。由于时效性的问题，介绍中都不包含具体截稿时间，大家可以去网上查询。不过，鉴于科幻圈不大，能做这些征文比赛评委的人不会太多，一个人可能会做多个比赛的评委，多次投稿还是有点风险的。

中国科幻银河奖（年度奖）

老牌科幻文学奖，所有在《科幻世界》上"银河奖"征文栏目发表过的科幻小说，都可以参加这个奖的评选。原来只是《科幻世界》评选最优作品奖，但随着《科幻世界》在中国科幻界分量的增加，这个奖的含金量也变得极高。所有中国现在一线科幻作家都拿过银河奖。

反过来说，拿这个奖是进入一线科幻作家阵营的门槛。

"银河奖"最高奖项奖金2019年增加到10万元。每年都会有变化，以官方公布的为准。

全球华语科幻星云奖（年度奖）

这是一个纯粹民间性质的科幻奖项。由世界华人科幻协会组织和评选当年度出版发表的优秀科幻作品。也就是说，只要是当年出版发表的所有科幻作品，包括小说、评论、纪实、美术和影视作品都在该奖的评选范围之内。随着这些年科幻的热度加大，参选作品的数量在迅速增加，竞争也越来越激烈。

星云奖本身没有奖金，但配套的"科幻电影创意专项奖"设置了金奖5万元，银奖1万元，入围1千元。

晨星奖（年度奖）

这个奖的全名为"晨星杯中国原创科幻大赛"，由深圳科学与幻想成长基金主办。2019年的晨星奖一共有9类奖项，共25个小奖项，总奖金超过40万元，其中资助金10万元。这个奖的特色是有一个公益资助模式，设立长篇科幻创作资助金，对一部分参赛时尚未完成创作的优秀的长篇科幻小说进行资助，以帮助作者更好地完成写作。大赛报名方式需关注微信公众号"科学与幻想成长基金"。

"大白鲸世界杯"原创幻想儿童文学奖（年度奖）

专为优秀幻想儿童文学作品设置的奖项，由中国儿童文学研究会、北京师范大学中国儿童文学研究中心和大连出版社共同设立。总奖金超过40万元，特等奖奖金达到25万元。该奖只接受中文创作的未经发表的原创幻想儿童文学和图画书作品，获奖作品将由大连出版社予以出版。作品可以是长篇或中短篇集，篇幅以不少于 5 万字、不超过 8 万字为宜。

活动详情可见中国幻想儿童文学网（www.61—wx.com），大连出版社官方微信（微信号：dlcbs—dlmpm）。

活动办公室电话：0411—83620262

QQ：664528421

未来大师奖（年度奖）

该奖由成都市互联网信息办公室指导，赛凡科幻空间、成都市互联网文化协会、重庆出版集团主办，征集科幻类中短篇小说，字数要求 3000 至 30000 字。科幻小说类一等奖奖金 3 万元，其他各奖项都有奖金。

投稿网址：www.wlkhds.com

官方微博 @ 未来科幻大师奖，官方微信公众号"未来科幻大师"

光年奖（年度奖）

由北京市科普门户网站蝌蚪五线谱网主办，通过在线征集、公众投票、权威点评等方式评选和推荐优秀科幻作品。比赛要求原创作品，长篇 6 万～20 万字，需提交全文、大纲；短篇 8 千～3 万字；微科幻 8 千字以内。其中长篇小说一等奖 3 万元奖金，短篇小说一等奖 1 万元奖金，其他各奖项均有奖金。

投稿邮箱 kehuan@kedo.gov.cn，详情关注蝌蚪网官网 http://www.kedo.gov.cn/。

冷湖奖（年度奖）

全称"冷湖科幻文学奖"，由冷湖火星小镇联手行知探索和八光分文化共同打造，是国内首个以地域命名的科幻奖项。该奖项总奖金30万元。组织作者大规模冷湖实地采风是它的特色。征稿要求包含"异常光波辐射"的写作元素，形成具有叙事纵深的世界观，为之后的续写和开发留下空间。字数短篇不超过1.5万字，中篇3万～5万字。

征稿邮箱：enghujiang@foxmail.com

联系电话：028—87306350

水滴奖（年度奖）

由中国科普作家协会主办的水滴奖，具有官方色彩，颁奖仪式也是在中国科幻大会上进行。中国科幻大会是中国科学技术协会主办的国家级会议，也是中国科幻最高级别的会议。水滴奖奖项包括科幻电影、科幻电影剧本、科幻小说、科幻画和大学生科幻影评，均有奖金。其中，科幻电影一等奖奖金2万元；科幻电影剧本一等奖奖金1万5千元。比赛还设置优秀组织奖，并有奖金。

比赛投稿信箱shuidijiang@qq.com，咨询QQ群365034764（添加时请注明"水滴奖"投稿咨询）。

全国中学生科普科幻作文大赛（年度奖）

这个比赛为国家教育部门确认的中小学生全国性竞赛活动之一，也是唯一的专门针对中学生举办的全国性科普科幻作文比赛。大赛由中国科普作家协会主办，清大紫育（北京）教育科技股份有限公司承办。

大赛官方邮箱 kepukehuan@unisedu.com，咨询电话010—62781166、010—52962777。具体比赛事宜见 http://www.kepukehuan.com。

百万钓鱼城科幻大奖（双年奖）

这是由钓鱼城科幻中心负责打造的双年科幻大奖，旨在奖励全球范围内的华语科幻写作者、科幻从业者。该奖项首届奖金总额高达100万元，其中大师奖60万元，并将逐届提升。奖项包括大师奖、作家单元、电影单元、艺术单元、教育单元、传播单元、出版单元、学生单元等多元单元共同组成。评委团队由国内外知名科幻作家和研究机构组成。有关该奖的详细信息请关注公众号"钓鱼城科幻"。

NO.3 素人必读：二十种科幻图书和科幻电影

科幻图书和科幻电影，前者提供理性，后者提供感性，是把初学者从科幻素人变成科幻达人的必经之路。

究竟初学者适合阅读哪些科幻图书，观看哪些科幻电影？在网络上有很多推荐名单，但各自偏向性都很重，而且美国作品占据大部分，对全面了解科幻文学是不够的。

在前面六讲中我列举了大量科幻图书，都是经典，应该阅读。除了它们，我再推荐二十种图书。我的推荐，一是数量比较少，图书和电影都只有二十种，但信息量很大也比较全面，作为初学者的拐杖，还是不错的。二是科幻小说我会偏重国内一些。对科幻写作者而言，不了解国内创作的水平和状况，则无法去竞争，获取自己在科幻文学中的一席地位。科幻电影优秀的很多，我尽量一种题材只选择一部，偏重在故事或特效上有独特里程碑式的作品，以给大家更多的体验。《星际迷航》和《星球大战》两个电影系列没有收录，这两个系列中优秀作品还是有的，但我不想占据宝贵的名额，如果对太空感兴趣可以去看看，两个深坑。

【科幻图书】

《2001：太空漫游》　　　　　[英] 阿瑟·克拉克

《科幻之路》（6 卷）　　　　[美] 詹姆斯·冈恩

《一九八四》　　　　　　　　[英] 乔治·奥威尔

《尤比克》　　　　　　　　　[美] 菲利普·K. 迪克

《索拉里斯星》　　　　　　　[波兰] 斯塔尼斯瓦夫·莱姆

《太空神曲》　　　　　　　　[苏联] 阿·卡赞采夫

《鲵鱼之乱》　　　　　　　　[捷克] 卡雷尔·恰佩克

《计算中的上帝》　　　　　　[加拿大] 罗伯特·J．索耶

《神经漫游者》　　　　　　　[美] 威廉·吉布森

《爱的算法》　　　　　　　　[美] 刘宇昆

《球状闪电》　　　　　　　　刘慈欣

《伤心者》　　　　　　　　　何夕

《起风之城》　　　　　　　　张冉

《时间之墟》　　　　　　　　宝树

《瘟疫》　　　　　　　　　　燕垒生

《与机器人同行》　　　　　　阿缺

《古峡迷雾》　　　　　　　　童恩正

《荒潮》　　　　　　　　　　陈楸帆

《银河之心》三部曲　　　　　江波

《城》三部曲　　　　　　　　张系国

【科幻电影】

《2001: 太空漫游》（2001:A Space Odyssey，1968）

《银翼杀手》（Blade Runner，1982）

《源代码》（Source Code，2011）

《这个男人来自地球》（The Man from Earth，2007）

《我，机器人》（I，Robot，2004）

《潜行者》（Сталкер，1979）

《盗梦空间》（Inception，2010）

《星际穿越》（Interstellar，2014）

《第九区》（District9，2009）

《地心引力》（Gravity，2013）

《异次元骇客》（The Thirteenth Floor，1999）

《终结者》（1、2）（The Terminator，1984）

《黑客帝国》系列（The Matrix，1999）

《超时空接触》（Contact，1997）

《千钧一发》（Gattaca，1997）

《月球》（Moon，2009）

《阿凡达》（Avatar，2009）

《异形》系列（Alien，1979）

《E.T.》（The Extra-Terrestrial，1982）

《十二猴子》（Twelve Monkeys，1995）

参考书目

1. 《外国科幻小说发展由来概览》,石顺科。
2. 《三星耀熠映长空——苏联科幻小说三大奠基人》,王新禧。
3. 《新世纪以来中国科幻小说的现状及前景》,任冬梅。
4. 《科幻的文学性与世界建构》,宝树。